甲の薬は乙の毒
薬剤師・毒島花織の名推理

塔山 郁

宝島社
文庫

宝島社

甲の薬は乙の毒　薬剤師・毒島花織の名推理

プロローグ

寒くなると調剤薬局は忙しくなる。発熱、咳《せき》、鼻水、喉の痛みといった症状で医師の診断を受けた患者が、こぞって処方箋を持ってくるからだ。

その日、どうめき薬局の薬剤師である刑部夢乃《おさかべゆめの》は、目のまわるような忙しさの中にいた。午前中から患者が途切れることはなく、夕方には一時間半待ちとなる患者が出るほどだった。マスクをつけた患者で混みあう待合室はどんよりした空気に包まれている。

「八十四番――八十四番の方、いらっしゃいますか」

処方箋が入力されたレセコンを確認しながら、夢乃は待合室に呼びかけた。しかし反応する患者はいない。

「清水《しみず》様、清水――こころさん、いらっしゃいますか」

アンケート用紙の氏名欄に目をやって、直接名前で呼びかける。すると眼鏡《めがね》をかけた中年男性がゆっくりと立ち上がった。手にしたスマートフォンの画面から目を離すこともなく、もったいぶった歩き方で投薬カウンターに近づいてくる。

「お待たせしました。清水こころさんのお父様ですか」

患者は三歳四か月の女児だった。しかし返ってきた言葉は想像しないものだった。

「こころだから」

「はっ？」

意味がわからず男性の顔を見る。

「こ・こ・ろ・だよ。こころ——そこにちゃんと書いてあるだろう」

苛々《いらいら》した口調で男性が言った。アンケート用紙に目を落とす。清水心流という漢字の下に【しみずこころ】と振り仮名がふってある。

いや、殴り書きのせいで【ろ】が【る】に見えたのだ。

「失礼しました。清水こころさんですね」

心流と書いてこころと読ませる意味はなんだろう。心の一字でいいはずだ。字画とかの意味があるのかもしれないが、それならふりがなくらいはきちんと書くべきだ。

そんな考えが頭の中に浮かぶが、もちろんすぐに振りはらう。

「こちらが今日出たお薬です」夢乃は薬袋《やくたい》をカウンターの上に置いた。

「咳止めと痰切《たんき》りのお薬が出ています。それとこちらが抗生剤。他に頓服として解熱剤も出ています」

中の薬を出して説明する。咳止めと痰切りだけなら問題ないが、抗生剤が出ているのが気になった。風邪の原因はウイルスだから、抗生剤を飲んでも効果はない。ただし患者が子供の場合、風邪をきっかけに中耳炎を起こすケースがある。子供の耳管は太くて短いうえに、傾きが水平に近いので、菌が耳の奥に入りやすいのだ。風邪をひくたびに中耳炎を起こす子供は多い。そういうわけで医師が中耳炎と診断したうえで抗生剤を処方することはある。しかしその処方箋の発行者は耳鼻科ではなく小児科の医師だった。一応抗生剤が出た理由を確認しておく必要があるだろう。

「お子様の具合はいかがですか。抗生剤が出ていますが、痛いところとかありますか」

子供が耳が痛いと言っている。そんな答えがあれば、抗生剤を使用するうえでの注意をあらためてするつもりだった。しかし父親は顔をしかめると、「風邪だよ。処方箋を見ればそれくらいのことはわかるだろう」と面倒そうに言い捨てた。

生憎《あいにく》ですが医師は処方箋に診断名を記載しません、処方箋を見ればわかるはずですが。

そう返事したい気持ちをぐっと抑える。こんな物言いをされることは調剤薬局においてはよくあることなのだ。

「お子様に頭や耳の痛みとかはありますか」夢乃はあらためて質問した。

「いや、知らない」

「熱は何度くらいありますか」

「わからない」

症状と薬の効果の整合性を確かめたくて質問しているのに、まるで他人事のような返答だ。それどころか話をしている最中も父親はスマートフォンのゲームをやめようとしなかった。それを使って母親（あるいは子供に付き添っている人間）に確認することだってできるだろうに。もちろん思ってもそんなことは口にしなかった。とりあえず抗生剤の注意は保留した。もうひとつ気がかりなことがあるからだ。

「あとお子様の体重が十六キロとなっていますが、これで間違いはないですか」

父親がスマートフォンから顔をあげた。ぎろりという感じで夢乃を睨《にら》む。

「母親が医者に言ったんだから間違いはないよ。それより早く薬を出せよ。もう三十分以上待っているんだぞ」

「申し訳ありませんが、大事なことなので――」

小児への投薬のガイドブックには三歳四か月の平均体重は十三・八キロと書いてある。処方箋に記載された体重との差は二・二キロ。成人であれば気にすることはない差異だが、この年齢の子供ではそうはいかない。子供は日々成長して、体重が増え、身長が伸びていく。そのときの体格にあった薬の量を処方しないと、適切な効果が期待できないばかりか、医療過誤となる危険性もある。しかしそんな説明をする前に、父親は夢乃に向かって怒り出した。

「なんでそんなことを訊《き》くんだ。ウチの子が太っていると言いたいのか。そんなことはおたくに関係ないことだろうが。こっちは忙しいんだ。いいから早く薬を寄こせ！」

　夢乃は説明しようとしたが、父親は聞く耳を持たなかった。これ以上は何を言っても火に油を注ぐだけだろう。子供が太っているという自覚があるなら、これで間違いはないのだろう。夢乃はそれ以上の質問を諦めた。

「――ではこれがお薬です」

　夢乃は薬袋からシートに包まれた細粒剤を取り出した。

「ガルボシスティンが咳止め、ムココルバンが痰切りのお薬です。このレイアクトが抗生剤。それぞれ朝、昼、晩の食事の後に飲ませてください。粉薬なのでゼリーに混ぜると飲みやすいですが、苦いのでチョコレートなど濃い味を使うのがお薦《すす》めです。症状がよくなっても出された分は最後まで飲み切ってください。途中でやめると生き残った細菌がさらに症状を悪化させることもあります。こちらのカゼナオールは解熱剤ですので、熱があがったときに飲ませてください」

　男性は返事もしないで薬袋を受け取った。そのまま帰るのかと思いきや、「しかしあれだよな」と夢乃の顔を一瞥《いちべつ》して喋り出す。

「病気の子供に粉薬を出すのは不親切だと思わないか。子供が粉薬をうまく飲めるわけがないんだよ。全部シロップにするか、大人と同じように錠剤で出せばいい。親にしたらその方が楽なんだ。子供に薬を飲ませるのに苦労している嫁さんを見て、俺はいつも思ってる。製薬会社や調剤薬局は、子供に粉薬を飲ませる大変さをもっと考えてしかるべきだとね。一般企業であれば消費者の好みは一番に考慮すべきことだろうに、そんなことも考えないでやっていける医療業界が、俺は本気でうらやましいよ」と一方的に言うと、そのまま回れ右して行ってしまった。

夢乃はぽかんとしたまま見送ったが、その後で猛烈に腹が立ってきた。

大人と違って子供は喉が狭いし、飲み込む力が弱い。だから錠剤はうまく飲み込めない。また薬を分解・排泄《はいせつ》する力も弱いので薬の影響を受けやすい。体格に合わせて慎重に薬の量を調整するためには、粉剤を使う方が正確で安全性が高いのだ。

そんな事情に考えを巡らせることなく、飲ませるのが面倒だからシロップや錠剤にしろと訴えることこそ、大人の都合を子供に押しつけるものだろう。製薬会社や調剤薬局が一般企業に比べてどうだとか、勝手な思い込みで言われたくない。

その夜、最後の患者が帰った後で、夢乃は二人の先輩薬剤師にその思いをぶちまけた。

「イクメン気取りで威張りたいなら、少なくとも子供のことにもっと注意を払うべきですよ。薬を取りに来て、我が子の症状も体温も体重も知らないじゃガキの使いと一緒です」

レセコンに向かって薬剤服用歴《ヤクレキ》を記入している管理薬剤師の方波見《かたばみ》涼子《りょうこ》が、

「その言い方は本物のガキに失礼よ。本物の子供ならいくら待たされたって遅いって怒り出したりしないもの」と笑いながら言う。

「お使いができる子供なら、順番が来るまで大人しく待ってるし、偉そうな態度を取らずに、こっちの説明だってちゃんと聞いてくれると思うわよ」

涼子は高校生の娘がいるベテラン薬剤師だ。場数を踏んでいるだけに、患者からどんな理不尽な要求や的外れな文句を言われても、感情を出さずにやり過ごす術を身につけている。

「そもそもの話、子供に薬を飲ませるのに苦労している嫁さんがいるなら、子供が薬を飲めるように協力してあげればいいじゃないですか。それをしたうえで意見を言うならともかく、何もしないでただ文句だけ言うのは人間としてどうだって気もします」

「昔に比べれば家事や育児に協力してくれるイクメン男性は増えたけど、子供が病気になると投げ出しちゃうところは昔のまんまと言えるわね。子供が熱を出したり、吐いたりすると、何をするのも怖がって、すべて母親任せになっちゃうのよね」

「たしかに男の人って、子供の病気に対して必要以上に怯《おび》えるか、逆にまるで無関心な態度を取る人が多いような気がします」

夢乃と涼子が文句を言い合っていると、

「私には、子供の風邪に抗生剤を出されたことに何の疑問ももたない父親が不思議です」と毒島花織《ぶすじまかおり》が言ってきた。

「抗生剤は細菌を死滅させたり、増殖を防ぐためのものですから、ウイルスが原因の風邪の治療には効果がないことくらい、知っていてしかるべきだと思います」分包器の掃除をしながら花織は言葉を続ける。

「私も中耳炎を発症したのかと思って訊いてみたんです。でもわからないと父親が言うので、結局そのまま渡しました」と夢乃は答えた。

「どこのクリニックが出した処方箋ですか」

常に薬剤師としての職務を全うしようとしている花織は、偉そうな態度をとる父親よりも、子供に抗生剤を処方した医師の存在が気になるようだ。

「あまり聞いたことがないクリニックでした」夢乃はレセコンを操作して、「えーと、岩松《いわまつ》クリニックです」と答えた。

「えっ、あそこの先生、また診療をはじめたの？」涼子が驚いた声を出す。

歩いて十五分ほどの距離にあるマンションに住んでいる涼子は、近隣の病院やクリニックの事情に通じている。その説明によると、岩松クリニックは七十を過ぎた老齢の医師がやっている小児クリニックだそうだ。診察も丁寧で、子供への対応もよく、母親の評判は悪くなかったが、薬の知識が古すぎるのが難だった。子供の風邪には中耳炎がつきものと考えていて、子供が耳の痛みを訴えなくても、予防として抗生剤を出すことがよくあるという。

「体調を崩してしばらくクリニックを閉めていたと聞いたけど、元気になってまた診療をはじめたってことなのね」

「予防という理由で無暗《むやみ》に抗生剤を出すことが、耐性菌を生み出すリスクとなっていることを理解していない先生ってことですか」

花織の額にしわができる。性格が真面目《まじめ》なだけに、次にそのクリニックの処方箋がまわってきたら、この抗生剤は本当に必要ですか、と疑義照会をしそうな勢いだった。

「でも是沢《これさわ》院長のように患者のことには無関心で、金儲《かねもう》けのことしか頭にないお医者さんもいれば、岩松先生のように患者のことを考えてはいるんだけど、それが世の中の流れと合わなくなっているお医者さんもいるって、なんだか皮肉な話ですね」

夢乃は慌てて言った。放っておけば花織が不勉強な医師への文句や不満を厳しい口調で並べ立てそうだったからだ。長い一日が終わったいま、そんな話はあまり聞きたくない。

是沢クリニックの院長は、いい加減な診療や不正な保険請求、クリニックのスタッフに対する横暴な振る舞いで以前から悪評が多かった。去年の十一月、あることをきっかけに偽薬を処方しているのではないかと疑惑を抱き、放置すれば健康被害が出る恐れがあるために、知り合いを通じて雑誌やテレビに情報提供をしたのだった。幸いなことに興味を示してくれたテレビ局が現れたので、入手した偽薬を含めて、すべての情報を提供した。年が明けて、追加の取材をしたいという申し入れがあった。それであらためて会って話をすることになっていた。

そのきっかけを作ったのは水尾《みずお》爽太《そうた》という、近くのホテル・ミネルヴァに勤めているフロントマンだ。明らかに花織に好意をもっているのだが、当の花織は気づく気配もないようだ。

「一口に医者と言ってもいろいろな考えや主義主張の人がいますからね。癌《がん》の治療やワクチンの取り扱いだって、正反対の方針を主張する医師が存在するわけで、ただ無条件に医師の言うことだけを聞いていればいいという時代ではもうないんです。患者の側も最低限の医療や薬の知識を身につける必要があると思います」と花織は考え深げに言葉を続ける。

「専門的な知識とまでは言いませんが、たとえばウイルスと細菌がまったくの別物だということくらい、中学や高校できちんと教えるべきだと思います」

細菌は細胞をもち、自力で栄養を摂取したり、エネルギーを生産したりして、細胞分裂をして増える。しかしウイルスは細胞をもたないので、自力で栄養を摂取したり、エネルギーを生産することができない。動植物の細胞に入り込み、その細胞の機能を使うことで自身のコピーを増やすのだ。

生き物としての成り立ちが違うので（ウイルスは生き物ではないという説もある）抗生剤を服用してもウイルスに効果はない。それどころか抗生剤の利かない細菌――耐性菌を増やしてしまうという皮肉な現象も起きている。風邪にかかったときに無暗に抗生剤を使わないというルールを徹底しない限り、この問題は解決しないとも言われている。

「男女にかかわらず、自分の体のことなのに、病気や薬のことに関心を持たない人が多すぎます。これだけ情報を得やすい時代になったのだから、興味を持ちさえすればいくらでも知識を得ることができるんです。それなのにどうして興味を持とうとしないのですかね」と花織は悔しそうに口にする。

「……毒島さんの言いたいことはよくわかります」

声がした。黙々と仕事をしていた医療事務の佐瀬《させ》さんだ。

「私もこの仕事をするようになって、はじめて知ったことがたくさんありましたから」

遠慮がちに口にする。佐瀬さんは三児の母だった。子供が入れ代わり立ち代わり病気をするのにふりまわされる生活が嫌になり、それなら自分でもっと知識を得ようと医療事務の資格を取り、下の子供が小学校にあがったのをきっかけに調剤薬局で働きはじめたと言っていた。

「さっき出た子供向けのシロップの話ですが、私も昔は同じことを思っていました。

「粉薬を飲ませるのが大変で、どうして全部シロップにしてくれないんだろうって」

シロップは薬を切りのいい量にするためと、飲みやすさのため糖分や水分を加えているので、雑菌が繁殖しやすく、保存に手間がかかる。また飲ませるときに大人が分量を自分で量る必要もある。粉薬は分量を薬剤師が量り、一回分ずつ飲みきりの形に袋詰めをするから、保存の仕方や携行性においても利便性が高い。だから効果や取り扱いがデリケートな薬ほど粉薬で出すことになる。

この仕事をはじめてそういうことを知ったんですよ、と佐瀬さんは言った。

「そもそもの話、シロップや粉薬って、患者さんに渡すそのままの形で薬局に保管されているんだって思ってました。たとえば処方箋にオレンジジュースと書かれていたら、保管庫から瓶詰めのオレンジジュースを持って来て、そのまま患者さんに渡すような感じです。でも薬局のオレンジジュースは、大きなタンクに保存されているわけですよ。そこから必要な量を瓶に小分けしているわけで、処方箋によってはミックスジュースみたいに他の薬と混ぜ合わせることもある。分量が正確なことはもちろん、雑菌が入らないように慎重に作業する必要もある。それはデリケートで大変な作業だって、この仕事をしてはじめてそんなことを知りました」

「ありがとう。そこまで理解してもらえると嬉《うれ》しいわ」

涼子がにこりと笑いかける。

「薬剤師って、本当に大変な仕事だと思います。一包化とか、疑義照会とかの作業もあるし、でも世間的には薬剤師の仕事って、ただ薬を渡すだけだと思われている。私もそれが悔しくて、知り合いやママ友にも機会があればそんな話をしているんですが、あまり反応がないのがもどかしいところです」

「そうね。佐瀬さんとか、水尾さんみたいに薬の知識に興味を持ってくれる人が、世の中にもっと増えてくれればいいんだけど」と涼子が意味ありげに口にする。

爽太は花織との接点を持つために薬の話に興味を持っているふりをしている。しかし花織はそれに気づいていない。薬の知識に興味があるから自分に話しかけてくると思っている。

涼子はそんな二人の仲をとり持とうと思っているようで、何かにつけて爽太の話題をふるのだが、花織には通じていないようだった。

「そうですね。世の中の人がみな水尾さんみたいに薬に対して興味を持ってくれると、私としては嬉しいんですが――」

花織は分包器を掃除する手を休めて真剣に頷《うなず》いている。

その態度から察するに、爽太の気持ちは一ミリも花織には届いてないようだ。爽太が少し可哀想《かわいそう》になったので、夢乃はちょっとだけ突っ込んでみた。

「水尾さんには薬よりもっと興味があることがあると思うんですが、毒島さんはそれに気がついてますか」

花織は怪訝《けげん》な顔をした。

「いえ、知りませんでした。水尾さんが興味を持っていることを刑部さんは知っているのですか」

「知ってます。私だけでなく、きっと方波見さんや佐瀬さんも気づいていると思いますよ」

爽太のことはどうめき薬局で働く人間はみんな知っている。

「そうなんですか」花織が不思議そうに涼子と佐瀬さんを交互に見る。

「ええ、まあ、なんとなく」と佐瀬さんが遠慮がちに頷いた。

「そういうあなたはわからないの？　見当もつかないかしら」涼子は逆に質問した。

「ええ……わかりません。そこまで水尾さんのことは知らないですし」

三人はお互いに顔を見合わせてから苦笑いをした。どうやらまったく通じていないらしい。

「まあ、いいわ。焦らず、もっと長い目で見ましょうよ」涼子は肩をすくめて呟いた。

「長い目って何ですか。何を焦らないようにするんですか」

首をひねっている花織に向かって、「もういいわ。早く片付けて帰りましょう」と涼子が急《せ》かすように声をかけた。

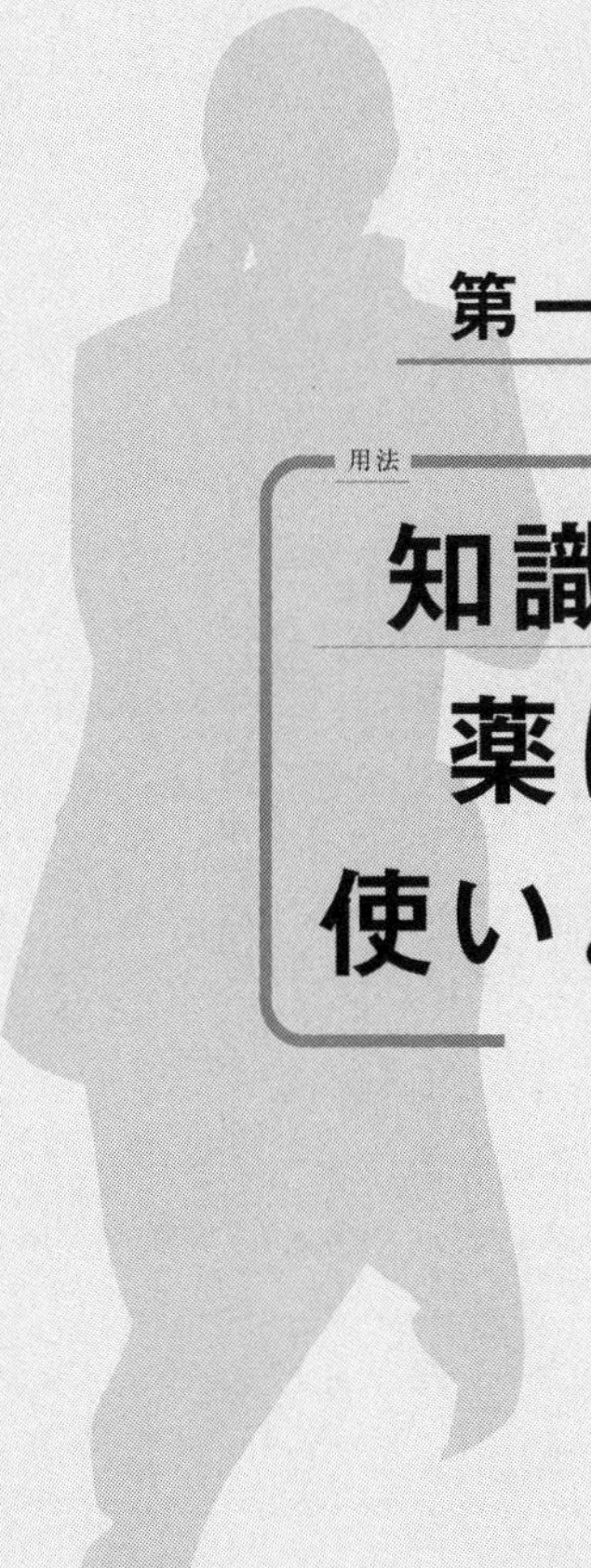

第一話

用法

知識と薬は使いよう

年　月　日

1

神楽坂《かぐらざか》の〈赤城屋《あかぎや》〉は馬場《ばば》さん行きつけの居酒屋だ。

バツ二で独身の馬場さんは週に三度はこの店に通っている。メニューが豊富で、価格が安く、席が座敷というのがお気に入りの理由のようだ。

「それで水尾くん、どうなんだい。その後に花織ちゃんと進展はあったのかい」

徳利《とっくり》と猪口《ちょこ》を両手にもった馬場さんが、にこにこしながら爽太の隣に腰掛ける。

今日はフロントスタッフの新年会だった。直前まで若い女性スタッフと喋《しゃべ》っていた馬場さんは上機嫌に笑いながら、肘をぐりぐりと爽太の脇腹に押し当てる。

「期待しているようなことは何もないですよ。最後に会ったのはずいぶん前です」

爽太は焼き鳥を齧《かじ》りながら返事をした。平静を装ってはいるが、その心中は穏やかではない。自分だって毒島さんとしか呼んだことがないのに、どうして馬場さんが気安く花織ちゃんなどと呼べるのか。

「もっと気合いを入れて頑張れよ。クリスマスや正月にデートに誘えばよかったろうに。もたもたしているとどこかの誰かに盗られちゃうぞ」

爽太の苛立ちに気がつくことなく、馬場さんは笑いながら煽《あお》るようなことを言う。

「クリスマスも正月もずっと仕事でした。笠井《かさい》さんが休んで大変だったことは馬場さんだって知っているはずですよ」

　笠井さんは三十代後半の先輩フロントスタッフだ。クリスマス直前にA型インフルエンザにかかって休んだと思ったら、復帰直後に今度はB型インフルエンザに罹患《りかん》し た。小さな子供が二人いて、保育園でそれぞれ別に病気をもらってきたらしい。

「ああ、そうか。災難だったよな。それならデートに誘うのはこれからか。気合いを入れて頑張れよ。なんだったら俺が応援してやるからさ」

　ぐふふ、と笑いながら馬場さんが立ち上がる。ちょっとトイレ、と歩いていくと、入れ替わるように笠井さんがやつれた顔でやってきた。

「年末と正月は僕のせいで仕事に出てもらって悪かったね」と謝ってくる。

「仕方ないです。気にしないでいいですよ。それより体はもう平気なんですか」

「一応ね。でも参ったよ。続けて二回だろう。体重が五キロ落ちた。もっとも、治ってからドカ食いしたら元に戻ったけどさ」

　インフルエンザにかかるとどれほど苦しいかという話をしているところに馬場さんが戻ってきた。

「馬場さんにも迷惑をおかけしました。今後はお二人の有休取得に協力しますので、休みたいときがあれば言ってください。休日返上で頑張りますから」

　畳に膝をついて頭を下げる笠井さんに、「いやいや、俺は関係ないからさ」と馬場さんは手をひらひらさせる。

「独り身の気楽さでクリスマスも正月も最初からシフトに入っていたからな。可哀想なのは彼の方だよ。せっかくのデートの予定がキャンセルになったらしい」

「なんだ、そんな予定があったのか。悪かったな。次のデートのときに仕事と重なったら言ってくれ。俺が代わりに入るから」

笠井さんに真面目な顔で言われて、慌てたのは爽太の方だった。

「デートの予定なんかありません。馬場さんが適当に言ってるだけですから気にしないでください」

クリスマスイブに毒島さんを食事に誘おうと思っていたのは事実だが、結局連絡できずに予定は空いたままだった。だから笠井さんの代わりにシフトに入れないかと支配人に訊かれたとき、がっかりした気持ちと同時に、ほっとした気持ちにもなった。仕事ならば仕方ない、と毒島さんを誘えなかった言い訳にしたのだ。

「とにかく迷惑をかけたのは事実だから、何かあったら遠慮なく言ってくれ。俺にできることなら何でもするからさ」

笠井さんは爽太の肩を叩《たた》いて、「じゃあ、他の人にも謝ってくるから」と立ち上がる。

「夜勤明けで誘えるときもあっただろうに、そのときは誘わなかったのか」

二人になると馬場さんがまた訊いてくる。

「正月休み、毒島さんは実家に帰っていたんです。大学卒業以来だから、暮れから正月明けまでずっと向こうにいたようです」

そのへんの事情を知っている馬場さんは、ああ、そうか、と納得したように頷いた。

「じゃあ次はいつ誘うつもりなんだ」

「まだ決めていません」

「なんだ。だらしないな。もっと積極的に行けよ」

そんなやりとりをしている最中、

「楽しそうですね。何の話をしているんですか」といきなり女性の声がして驚いた。

振り返ると去年の四月に入社した原木《はらき》くるみがいた。小柄で、本人はショートボブだと言っているが、おかっぱと言うほうがしっくりくるような髪形のくるみは、一見大人しい中学生にしか見えないが、性格は好奇心旺盛で、誰の話にも平気で首を突っ込んでくる。

「いや、パートナーを探すための方法について話をしていたんだよ」馬場さんがしれっとした顔で言う。

「パートナーって水尾さんのですか」黒目がちの瞳が爽太の顔をじっと見る。

「いや、それは」と言いかけた爽太を、「違う、違う。俺のだよ」と馬場さんが笑いながら遮った。

「えー、本気ですか。バツ二なのに、まだ結婚したいんですか」くるみはストレートな言葉を投げつける。

「人間いくつになってもパートナーは必要なんだ。年をとればとるほど、独り身の寂しさが身に染みるものなのさ」薄くなった頭に手をやりながら馬場さんが笑う。

「ああ、そうか。将来介護をしてくれるパートナーが必要ということですか」

父親よりも年上かもしれない先輩社員に向かって、ずけずけと物を言えるくるみの性格がうらやましい。

「そうそう、お前百まで、わしゃ九十九まで、ともにおむつを穿《は》く日まで――って、こら、誰が独居老人だよ。俺はまだナイスミドルと呼ばれて然《しか》るべき年齢だぞ」

「ナイスミドルって、髪がない中年男性って意味ですか」

「言ってくれるね。くるみちゃん。人のことを言うなら自分はどうなんだ。休みの日にデートをするようなパートナーはいるのかい」

「その質問はセクハラです」

「はいはい。そう返されると思ったよ。もう何も訊かないから許してくれ」

「すねないでください。馬場さんの気持ちはわかりますから。いくつになっても独り身は寂しいものですよね」

「気持ちがわかるということは、さてはくるみちゃんも独り身か。よし、独り者同士、今度の休みはディズニーシーに行くか」

「それは謹んでお断りします。馬場さんと一緒に歩いても、お祖父《じい》ちゃん孝行している孫娘にしか見えないと思いますし」

二人の会話はテンポが速い。加わる間もない爽太がビールのグラスを取り上げたところに笠井さんが戻ってきた。

「楽しそうですね。何の話をしているんですか」

「老人介護に関する話です」

日本酒を飲んでる馬場さんに代わって、くるみが笑いながら返事をする。

「馬場さんにしては真面目な話をしているんですね」

「最近心を入れ替えたんだ。今年は清く正しく生きていこうと思ってる」

しれっと答える馬場さんに、本当ですか、と笠井さんが目をまるくする。

「でも、それならよかった。実は馬場さんに相談したいことがあるんです」

「酒かギャンブルのことならいくらでも相談に乗るぞ。しかし金はダメだ。お前に貸すほど余裕はない」

「いえ、そうじゃなくて健康上の相談です」

健康上の相談と聞いて、爽太は思わず吹き出した。馬場さんにそんな相談をするのは、泥棒に防犯の相談をするのと同じだ。しかし笠井さんは真面目な顔で、

「先週もらった健康診断の結果はどうでした？　馬場さん、前回は血糖値がかなり高かったですよね。今回は改善しましたか」

会社の定期健康診断は毎年十二月に行われている。先週、その結果が各人に配付された。爽太やくるみのような若手社員はほとんど気にしていないが、馬場さんをはじめとする中高年の社員は、それぞれ問題を抱えて、悩んでいるようだ。

「血糖値も中性脂肪値も正常の数値だよ」

馬場さんは平然と言いながら、右手にもった徳利を左手の猪口に傾けた。

「本当ですか」と笠井さんが目をまるくする。

「前回はE判定だったじゃないですか。血糖値が高すぎるので、病院で再検査を受けるようにって、支配人にも直接注意されていましたよね」

健康増進法の関係で、ホテルの責任者である支配人は、各部署のスタッフの健康診断の結果をすべてチェックして、数値が悪い人間に対しては再検査を受けるように個別に注意をしていた。馬場さんは前々回、前回と引っかかって指導を受けていたが、結局は再検査を受けないままやりすごしていたはずだった。

「お前、変なことを覚えているんだな」

馬場さんは苦笑いをしているが、笠井さんは真面目な顔を崩さない。

「俺も去年、C判定だったんですよ。馬場さんほどじゃないけれど血糖値が高くて、再検査に行けって嫁さんにうるさく言われたのを、何とか誤魔化して逃げた経緯があるんです」

　今年はこれでした、と笠井さんは結果の紙を馬場さんの前に置く。

　近くにいた爽太とくるみものぞき込む。血糖値と中性脂肪値が高いようで、総合判定はＤとなっていた。

「Ｄか。ヤバいな」馬場さんが何故《なぜ》か嬉しそうに目を細める。

「まずいんですよ。嫁さんに見せたら絶対に禁酒しろって言われます。それだけは避けたいんです。嫁さんを誤魔化すいい方法はないですか」

「妻子もちは大変だな。そんなに酒を飲みたかったら、俺みたいにスパッと別れろよ。そうすれば誰にも文句を言われることなく酒が飲める」

　馬場さんはにやりと笑って猪口を持ち上げる。

「勘弁してください。子供は可愛《かわい》いし、嫁さんと別れるつもりはないです。ただ病院に行きたくないし、禁酒もしたくないんです。馬場さんならうまい言い訳を知っているんじゃないかと思って、それで訊いてみようと思ったんです」笠井さんは下を向いて頭をかいた。

「禁酒が嫌なら、結果を見せなければいいじゃないか」

「健康診断が年末にあるのは嫁さんも知っています。見せないわけにはいきません」

「誤魔化すのはよくないですよ。本当に禁酒をしたらいいじゃないですか」と横で聞いていたくるみが口を出す。「お子さん、まだ小さいんですよね。家庭を大事にしたいならお酒はほどほどにするべきだと思います」

「原木までそんなこと言うのか。おい、水尾、助けてくれよ。禁酒しないための方法や言い訳はないかな」

「健康管理は重要です。要再検査とあるなら早く病院に行ったほうがいいですよ」

爽太の言葉に、「お前ら、頼りにならないな。若いうちから守りに入りやがって」と笠井さんは肩を落とす。

「酒は俺の唯一の楽しみなんだ。やめたくない。でも病院に行けば絶対にやめろって言われる。酒がなくて、この先、どうやって生きていけばいいんだよ」

「大袈裟《おおげさ》ですね。お酒以外に健康的な楽しみを見つければいいじゃないですか」とくるみ。

「そうだ。俺を見習えよ。酒以外にも楽しみがたくさんあるぞ。競馬、競輪、パチンコ、ボートレースにオートレース。それから忘れちゃいけない麻雀《マージャン》だ。これだけたくさん趣味があれば、たとえ酒がなくても困ることはない」と馬場さんは胸を張る。

「三日にあけずに飲み屋に足を運んでいるくせに、酒がなくても困らないとかよくそんなことが言えますすね」笠井さんは恨めしそうに目を向ける。

「お酒を控えている気配もないのに、血糖値が改善したって話は本当なんですか」爽太は気になって訊いてみた。

「疑っているのか。それなら結果を見せてやる」

馬場さんは立ち上がると壁にかけたジャケットのポケットからくしゃくしゃになった検査結果を取り出した。四つ折りの紙を広げると、「ほら、見ろ。これが俺の血糖値だ」と水戸黄門《みとこうもん》の印籠のごとく笠井さんの目の前に突き出した。

「本当だ。正常じゃないですか」と笠井さんが声を出す。爽太とくるみも一緒に見る。たしかに数値は基準内となっている。

「驚いたか。俺だってやるときはやるんだよ」馬場さんは誇らしげに胸を張る。

「毎晩のように飲み歩いているのに、どうしてこんな結果になるんです」笠井さんは恨めしげな声で言う。

「ただ飲み歩いているだけじゃないぞ。最近は麻雀の調子がいいからフリー雀荘《ジャンそう》で朝を迎えることもたびたびだ」と馬場さんは自慢するように言う。

夜勤の仕事を昼過ぎに終えた後、夕方までネットカフェで仮眠を取って、そのまま雀荘に行くこともあるそうだ。朝まで麻雀をした後、自宅で夕方まで寝て、次の夜勤の準備をするという。

「還暦を間近にして、どこにそんなパワーがあるんですか」と笠井さんはため息をつく。

「これくらい普通だよ。俺が若い頃はそんな生活をしている先輩はざらにいたからな」と馬場さんは懐かしそうに言う。「そんな先輩たちに鍛えられたお陰で、若い頃は賭《か》け麻雀の稼ぎが給料より多いこともあったもんだ」

地方のビジネスホテルに勤めていた頃は、フロント裏の事務所に麻雀卓を持ち込んで、夜勤のたびに徹マンをしていたという話も聞いている。コンプライアンスという概念がなかった時代の夢物語のような話だった。

「でもどうして血糖値が正常なんですか。夜勤と徹マンで生活も不規則だし、馬場さんの食生活を見ていればどうしたって数値は高くなると思うんですが」

笠井さんは納得できないという顔をする。

「おかしいですよ。さては医者につけ届けをして、数値を改竄《かいざん》してますね」

「馬鹿だな、お前、そんなことをする必要はない。もっと簡単に数値をよくする方法があるんだよ」

「どんな方法ですか」

「健康診断の前、数日だけ節制をすればいいんだよ。そうすれば血糖値は正常な値に戻るって寸法だ」

「それだけですか」笠井さんが目をまるくする。「知らなかった。知っていたら年の暮れの健康診断でそうしていたのに」

「今年はなんとか誤魔化せよ。それで来年、というか今年の年末以降は、その手を使ってうまく乗り切ればいい」

「そういうことですか。でも今年はどうやって誤魔化せばいいですかね。この結果を見せたら絶対に禁酒しろと言われます」

「そんなことは自分で考えろよ。誤魔化せないなら、禁酒したことにして、こっそり陰で飲めばいいじゃないか」

「そんな子供みたいな真似したくないですよ。それに家で飲めないのはやっぱり辛いです」

　笠井さんの話の途中で、馬場さんが腰をもぞもぞさせながら立ち上がる。

「どこに行くんですか」

「小便《しょんべん》だ。年を取ると近くてかなわん」

「じゃあ、俺も一緒に行きます」

　笠井さんも立ち上がり、二人は連れだって歩いていく。

　健康上の相談とか言いながら、結局は酒に関する悪だくみになったわけだ、と爽太は思わず苦笑する。

「水尾さん、あの、ちょっといいですか」二人になったところでくるみが言った。

「さっき馬場さんから聞いたんですけれど、年上の薬剤師さんとつきあっているって本当ですか」

いきなり直球を投げつけられて、爽太は言葉につまった。

「ち、違うよ。つきあってなんかない」ようやくそれだけを口にする。

「馬場さんの誤解、いや適当なことを言っているだけだよ」

「仕事を辞めそうな彼女を追いかけて、強引に引き留めたって話を聞きましたけど」

そんなことまで言ったとは。さっき若い女性スタッフに囲まれて、嬉しそうに喋っていたのはその話か。

「それは事情があって、結果的にそうなったという話だよ」

「誤魔化さなくてもいいですよ。私は誰にも言いませんから」

くるみは声をひそめると、「実はですね、薬剤師さんとつきあっている水尾さんを見込んでお願いがあるんです。専門家の意見を聞きたいことがあって、それで厚かましいとは思いますけど彼女さんに相談することってできますか」

薬に関する相談と聞いて、爽太は浮《うわ》ついていた気持ちをあらためた。

「それは話の内容にもよると思うけど」

「ウチの祖母が認知症で自宅介護しているんですが、飲んでいる薬がたまになくなることがあるんです。最初は誤飲かと思ったんですが、それにしては納得できないことがいくつかあって、薬に詳しい人に訊いてみたいと思ったんです」

くるみは真剣な顔で話をはじめた。

2

くるみの自宅は巣鴨《すがも》にある。

築三十年の一軒家に、両親、八十を過ぎた父方の祖母と、高校三年生の弟の五人で暮らしている。とりたてて特徴のない平凡な家庭だったが、二年ほど前から祖母の様子がおかしくなってきた。ずっと参加してきたゲートボールの練習日を忘れたり、楽しみにしていたテレビドラマをつまらないと言って見なくなったり、部屋が片付けられなくて散らかったままになったりしたそうだ。

「祖母は几帳面《きちょうめん》な人だったんです。料理が上手《じょうず》で、綺麗《きれい》好きで、私が子供のころは母も仕事をしていたので、祖母が母親代わりだったような面もありました」

毎日の夕食を作るのが祖母の務めとなっていた。得意な料理は肉じゃがとハンバーグ。牛肉を使った肉じゃがとウズラの卵が入ったハンバーグが特にくるみの好物だった。

「でもあるときから作る料理に味がしなくなったんです。最初は私たちの健康を考えて調味料を控えめにしているせいかと思ったんですけど、でもそれにしてはやっていることがおかしくて」

　肉じゃがにミニトマトが入っていたり、パン粉の代わりにベーキングパウダーでこねたハンバーグを作ったこともあるそうだ。そして極めつきはウズラの卵の代わりに大きな塩の塊がハンバーグに入っていたことだ。肉を噛《か》んだ瞬間、口の中に激しい違和感を覚えてくるみはすぐに吐き出した。

「塩の塊ってほとんど凶器と一緒です。口に入れたとたんに口全体に鈍い痛みを覚えて、すぐにお皿に吐き出しました。汚ねえなあって健介《けんすけ》は——弟の名前です——怒りましたけど、あんなの食べたら死にますよ。すぐに吐き出したのに口の中がずっと痛くて、その後で水を二リットルくらい飲みました」

　その他にもおかしな行動を繰り返すようになり、両親が心配して病院に連れて行くと、アルツハイマー型認知症と診断されたそうだった。

　アルツハイマー型認知症は一番多いとされる認知症で、脳に特殊なたんぱく質が溜《た》まって引き起こされる病気だそうだ。しかしそれが何故起きるかはわかっていないし、根本的な治療も困難とされている。発症したら進行をゆるやかにする薬を服用するしか治療法はないそうで、くるみの祖母も薬を服用するように指示された。

　それから介護生活が始まった。最初は母が当時していた会計事務の仕事をセーブして面倒を見ることになった。

「最初はそれで問題なかったんです。祖母は徘徊《はいかい》などもしなくて、一日ぼんやりしていることが多かったからです。でも病気が進行していくと、ふらっと一人で外に出てしまうようになったんです。それで帰り道がわからなくなって警察に保護されることがあってからは、もう目を離すことができないと、母が仕事を辞めて介護に専念することになったんです」

そのときに主治医と相談して薬も変えたということで、今では高血圧や骨粗しょう症の薬も含めて、六種類ほどの薬を飲んでいるそうだ。そしてそのうちのひとつ、認知症の薬だけが、何故か一錠、二錠となくなることがあるという。

「お祖母《ばあ》さんが誤飲している可能性はないんだね」

念のために訊くと、くるみは首を横にふった。

「なくなるのは決まった薬だけなんです。祖母が誤飲したとして、六種類の薬のうち決まった一種類だけをいつも間違えて飲むとは思えません。それに祖母が誤飲したなら、飲み終えた後に空のシートが残っているはずじゃないですか。でも探してもどこにもないんです。私たちも最初は誤飲の可能性を考えて、家中のゴミ箱をひっくり返して調べました。でもどこにもなくて、それで誤飲の可能性は捨てたんです」

「じゃあ、調剤薬局が薬の数を間違えたということは？」

爽太は過去に体験した出来事を思い出した。患者から薬が足りないというクレームがあって、刑部さんが家まで事情を説明しに行ったことがあったのだ。しかしそのときに聞いた話から考えるに、調剤薬局では渡し間違いが起こらないように厳しいチェック体制を敷いているはずだった。

「もちろんそれも疑いました。でも薬局に訊いても機械で管理しているからそれはないと言われたらしいです。それで次からはもらうときに二回以上数を確認するようにしたそうです。それでも気がつくと薬がなくなっているんです。父と弟にも確認しましたが、もちろん二人とも知らなくて。それで主治医の先生に相談したんです。でもそうしたら逆に母が怒られて――」

いい加減な態度で介護をしているからそんなことが起こるのだ、もっと患者の心に寄り添って親身になって介護をしなさい、と説教されたそうだった。

「それって薬の管理についての話だよね。介護に対する心構えがどうとか、そういう問題じゃないと思うけど」爽太は思わず口をはさんだ。

「そうですよね。私もおかしいと思います。でも主治医の先生にそう言われて、母は家に帰って泣き出しちゃったんです」

祖母の面倒を見るために仕事を辞めて、介護はもちろん家事全般もやっているのに、どうして私だけそんな言われ方をされなくちゃいけないのか、私だけが貧乏くじを引かされていると泣き出して、それで急きょ家族会議を開いて、みなで介護と家事の役割分担をするようにしたそうだ。父が洗濯、くるみが炊事、弟が掃除と決めて、介護についても手の空いている人間が母の手伝《てつだ》いをすることにした。

「最近はトイレも一人でできませんし、放っておくとふらふらと外に出て行こうとすることが多くなったんです。だから祖母を一人にしないで、常に誰かがそばにいるようにしたわけです」

それでとりあえずは落ち着いたのだが、しばらくするとまた薬がなくなっていることに気がついた。

「受け取るときに数は何度も確認しているし、飲む分を間違えないように薬局で教えてもらったお薬カレンダーを使ってもいるんです。でも気がついたらなくなっていて……。もしかしたら空き巣が入って盗まれたのかと本気で考えたりもしたんです……」

警察を呼ぼうかとも思ったが、他になくなっているものはなかったので、さすがにそれはないだろうという話になった。

「わかっているだけで五回なくなっています。でもどうしてなくなるのか、その理由がまるでわからないんです。もちろんなくなることで困ることはありません。早めに病院に行って、余裕をもって薬をもらうようにしていますから、一錠二錠なくなっても代用は効くんです。でもなんだか気味が悪くて……」とくるみは顔をしかめる。

「奇妙な現象だから理由を知りたいんです。それで認知症の患者がいる他の家でもそんなことがよく起こるのか、薬剤師の彼女さんにそれを訊いてほしいんです」くるみは両手を合わせて拝む真似をした。

爽太は頭の中でくるみの話を整理した。調剤薬局が正しい数を渡しているのであれば、薬は家の中でなくなったことになる。そして祖母が飲み間違えたということでなければ、薬は家族の誰かが盗っていることになる。しかしどうして介護の役目を担っている家族がそんなことをするだろう。といって空き巣が薬だけを持っていくとも考えづらい。

「薬は家のどこに保管しているの？」

「居間に置いたり、台所にしまったりしましたが、今は茶簞笥《ちゃだんす》の戸棚にしまっています」

「たとえばの話だけど、介護に疲れたお母さんが家族に対する嫌がらせ、あるいは何らかのアピールでそれをしているということは……？」

爽太が遠慮がちにその可能性を口にすると、くるみは眉根をよせた。

「実はそれも考えたんです。自分一人で介護をすることのストレスに耐え兼ねて、家族に協力させるために、わざと自作自演で騒いだのかなって。でもそれなら最初の二回だけでいいはずで、今でもなくなるのはおかしいです」

たしかにそうだ。しかし母親でないとすれば、あとは父親か弟の仕業ということになる。

「お父さんや弟さんにはそんなことをする動機があるのかな」

「思い当たりません。そんな騒ぎになって父も弟も得をしているとは思えません。父はともかく、健介なんか、俺は受験生なのに面倒な役割を押しつけられて迷惑をしてるって文句を言ってます。両親の前では言いませんけど二人になると、俺は受験生なんだから、姉ちゃんが代わりにやればいいって言うんです。でも私だって仕事をしているし、そんなことを言われたって困ります」

くるみは眉間にしわを作って険しい声を出す。

「あいつ、わがままなんですよ。ちょっと成績がいいからって、両親や私を小馬鹿にするような口を利くこともあって――」

弟は偏差値が高いことで有名な都立の中高一貫校に通っているそうだ。

第一志望は有名国立大学なのだが、三年生になって模試の成績が思うようにあがらず悩んでいるらしい。そこにお祖母さんの病気が悪化することが重なって、いろいろとストレスを溜め込んでいる気配があるという。

「成績があがらない苛立ちを解消するために、お祖母さんの薬を隠したってことはないのかな」

可能性のひとつとしてあげてみる。

「健介は計算高いから、自分が損をするようなことをするとは思えません」

かといって父親にもそんなことをする理由がない。そしてくるみがしたことならば、わざわざ自分に相談をするはずがない。なのに現実として祖母の薬はなくなるのだ。

「こんなことって他の家でもあることですか。たとえば水尾さんのウチではありますか」

くるみに真顔で問われて、爽太は首をひねった。爽太の家族にはそもそも日常的に薬を飲む習慣のある人間がいないのだ。

「そうなんですよ。友達や知り合いにも訊いたんですが、薬を飲む習慣がない人だと、変な話だねって言われて、それ以上話が広がることがないんです」

主治医にも怒られるのが怖くて相談できない。かかりつけの薬剤師にも、最初に疑うようなことを言ったせいでこれ以上は話しづらい。

「この話って薬を飲む習慣がある人が身近にいないとわからないことだと思うんです。だから水尾さんの彼女さんに訊いてもらいたいんです。認知症のお年寄りのいる家で薬がなくなることってよくあることなのかって」

「あのさ、しつこいようだけど彼女じゃなくて知り合いだから」

念を押すように言ってから、「とりあえず話はしてみるよ。それでなくなるのはなんて名前の薬かわかる？」

「はい、それは――」

くるみは手帳を開いて爽太に見せた。そこにはお祖母さんが飲んでいる六種類の薬の名前が記入されていた。

「……なくなるのは認知症の薬――これです」

くるみはアルセクトという名前を指さした。

3

去年の梅雨《つゆ》の頃、爽太は激しい足の痒《かゆ》みに襲われた。馬場さんに水虫をうつされたと思い込んだ爽太は、仕事場の近くにある是沢クリニックを受診した。しかし処方された水虫の薬を塗っても治らない。それをどうめき薬局の薬剤師に相談したところ、水虫ではない可能性があると助言された。あらためて別の皮膚科を訪ねると、接触性皮膚炎と診断されて、別の薬を塗ったらすぐに治った。

そのときに助言をしてくれた薬剤師が毒島さんだった。その後も薬に関する困りごとを毒島さんに相談すると解決するということがあり、そんなことが続くうちにいつしか爽太は毒島さんに好意を抱くようになっていた。

くるみの話を聞いた数日後、爽太は刑部さんから連絡をもらって、馬場さんと一緒に『狸囃子《たぬきばやし》』を訪れた。狸囃子は神楽坂の見番《けんばん》横丁にある日本酒バーで、毒島さんたちとの待ち合わせ兼行きつけの店として使っている。

その日は是沢クリニックに関するテレビ局の取材の経過報告を聞かせてもらった。

まずはテレビ局のスタッフが患者を装って、問題となる薬――サドレックスという痩身剤の偽薬――をもらいに行ったそうだ。爽太が受け取ったのと同じ錠剤を処方されたので、それを製造元の製薬会社に持ち込んだ。事情を説明して調べてもらうと正規品ではないことがわかった。それと並行して近隣や関係者をまわって情報を集めると、偽薬を処方しているという疑惑以外にも、健保組合への不正請求やスタッフへのパワハラ、セクハラ、さらには脱税などの問題を抱えていることが判明したそうだ。

「今はそれらの疑惑を検証する作業をしているそうよ。追及する内容を絞り込んでから、月末をめどに是沢院長に直接取材を申し込むらしいわね」

取材の窓口となっている方波見さんが教えてくれた。

「ひどい話よね。偽薬には日本では認可していない添加物も含まれているそうで、東南アジアで密造された可能性があるみたい。妹さんは飲まなくて本当によかったと思う」

方波見さんが爽太に同情するような声で言った。方波見さんはどうめき薬局の管理薬剤師で、地域の会合で過去に馬場さんと顔を合わせたことがある。その関係で爽太を信用して、毒島さんと話をする場を作ってくれたのだ。

「そうなんですけど、颯子《さつこ》のやつ、あれ以来ダイエット熱が覚めなくて、ダイエット関係のSNSや動画を見ては、いろいろとサプリや薬を購入しているみたいなんです」

なかには国際便でシンガポールやマレーシアから届く商品もある。何を買っているのかと質問したこともあるが、爽太には関係ないでしょ、と言われて終わりだった。

「個人輸入の代行サイトですね。ちゃんとした業者ならいいですが、なかには怪しいところもあるので値段だけで決めると危険ですよ」

毒島さんが眉間にしわを寄せて呟いた。黒縁の眼鏡にまっすぐな黒い髪。化粧気もなく、生真面目な表情を崩さない毒島さんは爽太より四つか五つ年上だ。はっきりと年齢を聞いたことはないけれど、これまでにした話の内容からそうだと推察できる。薬剤師という仕事に真摯に取り組み、薬の知識を蓄えることに何より情熱を傾けている。爽太のことは、薬に興味を持っている一般人として好意的に接してくれている。

「そういうサイトを使えばどんな薬でも手に入るんですか」

「向精神薬や麻薬は扱ってないですが、それ以外ならほとんどの薬は購入できますね」

「国内で認可を受けているダイエット薬はサドレックスだけだと前に聞きましたけど、海外にはどんな薬があるんですか」

「有名なのはゼニガルです。サドレックスは食欲中枢と満腹中枢に働きかけて食欲を抑えますが、ゼニガルは消化管で脂肪の吸収を助けるリパーゼという酵素を阻害します。その結果、摂取した脂肪の三割が吸収されずに排泄されるという効果があります」

「脂肪をそのまま出すってやつですか。そういう効用のサプリメントはドラッグストアでよく売っていますけど」

「ゼニガルはものが違います。結果が目に見えてわかりますから」

吸収されなかった脂肪が、そのまま油として排泄されるそうだった。はじめて使った人はその様子にショックを受けることもあるという。

「アメリカをはじめとして世界十数か国で使われています。ただし脂質と一緒に脂溶性ビタミンの吸収を阻害してしまうため、ビタミン不足になって肌荒れなどの症状が起こります。ネットの書き込みなどで、脂を吸収しないから肌から油っ気がなくなったという記述を見ますがそれは間違いです。原因はビタミン不足で、それはビタミン剤を摂取することで補えます。しかしながらゼニガルを飲むに当たっては、もっと注意するべきことがあります」

毒島さんは周囲をさりげなく見まわして、「尾籠《びろう》な話で申し訳ありませんが排出される油でトイレが大変汚れます。本人の意思とは関係なく水溶状の油が漏れ出ることもあるそうで、だから服用するときは紙おむつをつけることが必要との話です」

つまりお漏らしをするということか。なるほど。サプリメントを飲んでそうなったという話は聞いたことがない。

「それならサドレックスより効果がありそうじゃないですか」

「脂肪以外の炭水化物や糖質は排出されません。だから脂肪が少ない食事を摂っている場合にはあまり効果は得られません。体質によっては常用するとお腹が下ったままになることもあるようです。個人的には国内で認可されている、安全性の高い薬を使うべきだと思います」

漢方の防風通聖散《ぼうふうつうしょうさん》を含んだＯＴＣ薬にも、余分な脂質を排泄物と一緒に押し出す効果があるので、食事制限や有酸素運動、筋トレなどと組み合わせれば、効果的なダイエットができます、と毒島さんは言った。

ＯＴＣ薬なら処方箋がなくてもドラッグストアで買える。しかし颯子がそんな話を素直に聞くとは思えない。

「ちなみに私も防風通聖散を飲んでます。週末はジムに通って筋トレをしている効果もあって、体の調子は大変いいです」

毒島さんが筋トレを？　意外な組み合わせに面食らったが、それ以上に横で聞いていた方波見さんと刑部さんも驚いたようだった。

「休みの日は薬の勉強会に通っているとばかり思っていたわ」と方波見さんが驚いた声を出す。

「もちろん勉強会にも行ってます。ジムは夜に行くことが多いです」

「ジムでバーベルとか持ち上げているんですか」刑部さんも興味津々の顔になる。

「ウェイトマシンがメインです。あとはランニングマシンで走っています」

「じゃあ腹筋とかバリバリに割れてるんですか」

「そこまですするメリットがないのでしていません。大事なのは体脂肪と筋肉のバランスですから」

　近年の研究で、筋肉が減ると感染症や糖尿病などのリスクが高まることもわかってきたそうだ。筋肉には熱を作る役割、代謝を行う役割、血液を循環させるポンプの役割の他に、血糖値の調整を行う働きがあるからだ。食事を摂って血液中の糖が増えると、多くは筋肉中に溜めこまれる。筋肉が減ると溜めこむ量が減り、血糖値が上昇することになるわけだ。さらに筋肉量が減少すると、免疫機能が低下して、感染症にかかりやすくなる。実際に筋肉が少ない高齢者は、多い高齢者に比べて病気にかかったときの死亡率が倍近く高くなる、との調査結果もあるという。

「筋肉量は二十歳頃にピークを迎えます。三十代から五十代の時期に運動をしないと、その後に急激に減るという報告もあるそうです」

「ということはだよ、筋肉を増やせば血糖値は下がるってことなのかい」

　黙って聞いていた馬場さんが意外にもその話題に食いついてきた。

「馬場さん、血糖値が高くて、会社の健康診断で要再検査と指摘されたことがあるんです」

　爽太が言うと、毒島さんは納得したように頷いた。

「理屈でいえばそうですが、再検査が必要なほど高い数値が出ているなら、筋肉を増やしただけではケアできないと思います。早急に医師の診断を受けて、服薬と食事療法を施すことが必要です」

「血糖値が高いってどれくらいなんですか」方波見さんが馬場さんに訊く。

「たいしたことない。年だから気になるだけの話だよ」馬場さんは頭を掻《か》きながら、冷酒のグラスを持ち上げる。

「さっきの話を聞いて思ったんだけど、脂肪を体の外に追い出す薬があるなら、糖分を血液から追い出す薬もあるんじゃないのかい」

「あります。糖尿病の薬でペイズンといいます。腸でグルコースの吸収を遅らせて、食後の血糖値レベルを下げる効果があります」

「その薬はドラッグストアで買えるのかい」馬場さんは訊いた。

「OTC薬ではなく、処方薬ですので処方箋が必要です」

「なんだ、そうか」馬場さんはがっかりしたように肩を落とす。

「それが面倒なんだよな。どんな薬でも簡単に買えるようにしてくれれば、生活習慣病はもっと減ると思うんだけど」

「その考えは甘いです。素人《しろうと》判断で薬を使えば低血糖症になることもあります。その場合、最悪死に至る危険性だってあるんです。中高年の男性は健康診断の結果をもっと重要視するべきです。すぐに病院に行けばその後に重篤化することは避けられるんですから、もっと真剣に捉えるべきだと思います」方波見さんが眉をひそめて馬場さんをキッと見る。

「ありゃあ、余計なこと言って怒られちゃったな」馬場さんは肩をすくめて、子供のように舌を出した。


時計の針が九時を指した頃、爽太はくるみの話を毒島さんに切り出した。

「あの、薬のことでちょっと相談があるのですが」

「何でしょうか」

「会社の後輩の話なんですが、家で認知症の薬がなくなるという相談を受けたんです」

「薬がなくなる？　どういうことですか」

毒島さんが興味を示してくれたので、爽太は聞いた話を伝えた。

認知症を患っているお祖母さんが勝手に飲んだとも思えない。家族は誰も知らないと言っている。外から人が入った気配もない。

「こういうことって認知症の患者さんがいる他の家でもあることなんでしょうか」

　爽太の問いかけに、「いいえ。聞いたことがないですね」と毒島さんはかぶりをふった。

「一人暮らしの患者さんであれば飲み間違えることもありますが、家族がいて、さらにそれだけケアをしているなら、なくなるはずがないですね」

「やっぱりそうですか。でも実際になくなっているというんです。それも一回ではなく五回もです」

　どうしてそんなことが起こるんでしょうか、と爽太は訊いた。

「調剤薬局が数を間違えて出したわけでなければ、家の中でなくなっているわけですよね。そして外部の人間が侵入したのでなければ、家族の誰かが盗ったことになる」

　家族の誰かといっても、唯一動機が思いつくのは母親くらいだ。介護の大変さをアピールするための自作自演。実際それをきっかけに家族で家事や介護の分担をしたのだから、母親が犯人なら効果はあったことになる。しかしそれならその後も続く理由がわからない。相談をしてきたくるみが犯人のはずはないし、父親や弟がそんなことをする動機も見当がつかない。

「もしかして他人には窺《うかが》い知れない問題が彼女の家にあるということでしょうか」

　曖昧な言い方でほのめかしたが、毒島さんはすぐに気づいてくれた。

「祖母に対する虐待とか、そういう心配をしていますか」

「ええ、まあ。それ以外に答えが見つからないような気がして」

「たぶんそこまで深刻な問題ではないと思います」

「どうしてわかるんですか」

「相談者である女性がそのことを大きな問題として受け止めていないようなので。他人に言えないような根深い問題があれば、そもそも水尾さんに相談をするはずがありません」

「彼女が気づいていないだけということは？」

「家族五人で住んでいて気づかないということはないと思います。これはそんなテレビドラマみたいな話ではないと思います」

「じゃあ、いったいどういうことなんでしょう」爽太は首をひねってから、毒島さんを見た。不思議そうな顔はしていない。

「もしかして何か思い当たるところがあるんですか」

「その前にその家族の話をもう少し聞かせてもらってもいいですか」

手をあげて店員に温かいお茶を頼むと、毒島さんはくるみの両親と弟に関することを爽太に訊いた。爽太はくるみから聞いたことをすべて毒島さんに話した。

「――わかりました」

五分ほど話を聞いた後に毒島さんは言った。

「薬がなくなる理由について、思い当たることがひとつあります」

「犯人がわかったんですか」

「犯人という言葉が適当かはわかりません。でも誰がやったか、その動機が何か、それについてはなんとなく見当がつきます」毒島さんはあっさり言いのけた。

「すごい！　まるで名探偵みたいじゃないですか」

薬剤師には、処方箋を見て病態を推理する処方解析という能力が不可欠だ。刑部さんから前にそういう話を聞いて、探偵みたいだと思ったことがあるが、まさにその通りだったのだ。

「そんなに大袈裟なことじゃありません。薬の効果と家族構成を照らし合わせれば、自然と思い浮かぶことですから」

「それで誰が薬を盗った犯人なんですか。お父さんですか、弟ですか、まさかお母さんということはないですよね」

勢い込んで質問する爽太に、しかし毒島さんの歯切れは悪かった。

「プライベートな問題なので、それを水尾さんに言っていいのか迷います」

言われてみるとたしかにそうだ。

「じゃあ、彼女に電話をするので毒島さんから話してもらえますか」

「うーん。どうしましょう」

毒島さんは煮え切らなかった。

「……前に勤めていた調剤薬局で在宅薬剤師の仕事もしていたのですが、介護が必要な患者さんがいるお宅で、介護をきっかけに家族の関係がこじれた例を見聞きしたことが何度もあるんです」

在宅医療や在宅看護を行っている患者を訪問して業務を行う薬剤師を在宅薬剤師というそうだ。患者宅に薬を届けて管理することが主な仕事で、ときには主治医や看護師、ケアマネージャーと綿密にコミュニケーションをとることもあるらしい。

「この話も対応を誤ると、家族関係がこじれる可能性が高いです。さらには時期が時期だけに慎重な対応が必要です。大学受験もすぐに本番になりますから」

毒島さんは声を落として呟いた。

うん……？　ということは弟が薬を盗った犯人ということか。

「でも、なんで弟さんが――」

言いかけたとき、隣のテーブルからドンッと音がした。誰かが拳でテーブルを叩いたようだ。

続いて、「手前《てめえ》、俺の酒が飲めないっていうのかよ」と声がした。

見ると、顔を赤くした四十歳くらいの男が向かいにいる若者に熱燗《あつかん》の徳利を突き出している。

「すいません。俺、アルコールがダメなんですよ」

二十歳くらいの目尻の垂れた男が頭を下げている。

「ふざけたことを言うんじゃねえよ！　飲もうって気持ちがあれば飲めるんだ！　飲めないっていうのはただの甘えだ！　四の五を言わずにそれを持て！　お前の甘ったれた根性をこの俺が叩き直してやるからよ！」

怒っている男は、生え際が後退して額が広くなっているのに、伸ばした髪を後ろで束ねて、まるで落ち武者のようだった。テーブルに置かれた手つかずの猪口を顎で示して、早く持て、と催促している。

「野々宮《ののみや》さん、こいつ、本当に飲めないんですよ」と同席している別の男がなだめても、「うるせえな。俺にはそんな誤魔化しは利かねえぞ。飲むまでは帰さないから、そのつもりでいろ。なあ、影山《かげやま》、気合いを入れて飲み干せよ」と唾を飛ばしてわめきたてている。

「本当に飲めないんです。家族もみんな飲めなくて。生まれつきそういう体質なんですよ」

影山と呼ばれた男が説明しても、引き下がろうとはせずに、さらに徳利を目の前に突き出した。

「酒を飲んでこその仲間だろうが！　酒を飲めない奴に用はないんだよ。いいから覚悟を決めて受け取れよ。これだけ言っても俺の酒を飲めないって言うなら、明日からの扱いは覚悟しておけよ！」

落ち着いた雰囲気の日本酒バーにはまるで馴染《なじ》まない飲み方だった。

「他のお客さまの迷惑になりますのでお静かに願います」と店員が声をかけて、とりあえず収まった。しかし大声こそ出さないが、野々宮という男の高圧的な態度は変わらない。

漏れ聞こえる話の内容から倉庫作業のようなアルバイト仲間らしいとわかった。野々宮がアルバイトリーダーで、影山ともう一人が部下という関係らしい。立場上、二人が逆らえないのをいいことに、野々宮は好き放題を言っている。

「いいか。酒っていうのは飲めば飲むほど強くなるんだよ。俺だってそうやって強くなったんだ。だから気合いを入れて飲んでみろ。酒ってやつは吐けば吐くほど強くなれる。死ぬ気になって飲んでみろって。一か月もすれば俺みたいに酒に強くなれる。そうなったらもう怖いものなしだ。酒が飲めないなんて台詞《せりふ》がただの戯言《ざれごと》だって、そう思うようになるからよ」

聞いている方がうんざりしてくる。店を変えた方がいいだろうか。そんなことを考えていると、ふいに毒島さんが立ち上がった。あっと思う間もなくそのテーブルに近づいた。

「そこまでにした方がいいですよ」

落ち武者風の男——野々宮に言う。

「なんだよ、お前」野々宮が目をまるくして毒島さんを見る。

「アルコールハラスメントはやめた方がいいと言っているんです」

「うるせえな。こっちは楽しく飲んでいるんだよ。関係ない人間が横から口を出すんじゃねえよ！」赤い顔をゆがめて、吐き捨てるように言う。

「お酒を飲めるかどうかは遺伝的に決まります。飲めば飲むほど強くなるとか、いい加減なことを言うのはやめてください」

えっ、そこ？　野々宮の態度じゃなくて、話の内容が間違っていると言いたいのか。

「はっ？　いい加減じゃねえ。現に俺は鍛えて強くなったんだ。他人にとやかく言われる筋合はねえよ」

「あなたにとっての事実が、世間にあまねく通用する真実とは限りません。いいですか。お酒は体内に入ると、アルコール分解酵素の働きによりアセトアルデヒドに分解されます。アセトアルデヒドは、さらにアセトアルデヒド分解酵素によって無害な酢酸に分解されます。ただしアセトアルデヒド分解酵素にはＡＬＤＨ１型とＡＬＤＨ２型の二種類があり、さらにＡＬＤＨ２型は活性遺伝子の型によってＮＮ型、ＮＤ型、

ＤＤ型の三種類に分かれます。ＮＮ型が正常な活性遺伝子——お酒に強い人です。ＮＤ型はＮＮ型の十六分の一しか活性しないタイプで、これはお酒に弱い人にあたります。ＤＤ型は活性のない遺伝子で、このタイプはお酒をまったく飲めません。同じ量のお酒を飲んだとき、血中のアセトアルデヒド濃度は、ＮＤ型の人はＮＮ型の人の四から五倍、ＤＤ型はＮＮ型の二〇から三〇倍になると言われています」毒島さんはそこまで一気に言ってから、さらに相手の言葉を待つこともなく、「何が言いたいかというと、お酒の強い弱いは遺伝的に決まるものであり、気合いや根性で何とかなるものではないということです。たとえるなら睡眠薬を飲んだ人に向かって、眠くなるのは甘えているからだ、気合いや根性があれば起きていられる、と言っているのと一緒です」と一気に言い切った。

「吐けば吐くほど強くなるという言説も根拠のない出鱈目《でたらめ》です。ＡＬＤＨ２型の種類は遺伝で決定されるものであり、後から鍛えることはできません」

「——嘘《うそ》じゃねえ！」

気圧《けお》されていたように黙っていた野々宮がようやく叫んだ。

「俺も若い頃は弱かった。ビールをコップ一杯飲んだだけで気持ち悪くなっていた。だけど毎晩吐くまで飲んで、それで強くなった。それは絶対に嘘じゃねえ！」

「あなたの体験を嘘だとは言いません。しかしそれは他人に強いるようなことでもありません。お見受けしたところ、顔から首まで赤くなっているようですが、本当にお酒の強い人はいくら飲んでも顔色が変わらないことが多いです。ご自身でおっしゃったように、あなたは本来お酒に弱いタイプ、ND型だったのでしょう。それが習慣的な飲酒で酵素誘導が起きて、とりあえずお酒が飲めるようになったということです。しかしそちらの男性は違います。DD型――ALDH2型が活性しないタイプです。それは体内でアセトアルデヒドを分解できないということです。アセトアルデヒドは大変毒性が強く、体内に入ると頭痛、悪心《おしん》、吐き気、呼吸促進を引き起こします。また発がん性が高いことでも知られています。それはアルコールの摂取がすなわち死につながる可能性があることを意味します。たとえるなら重い食物アレルギーを持っている人に、アレルゲン食物を無理に摂取させようとしているのと同じです。これは悪質な犯罪行為であり、場合によっては傷害罪や殺人未遂になる事例だと思います」

あなたにはそういったことをしているという認識がありますか、知らなかったですまされることではありませんよ、と毒島さんは舌鋒《ぜっぽう》鋭く追いつめた。

気がつくと店はしんとしていた。すべての客の視線が毒島さんと野々宮に集まっていた。店員も注意するべきかどうか考えあぐねているようで、離れたところから様子を窺っている。

「う、うるせえな。つまらねえことをぐだぐだと」

たじろいだように野々宮は視線をそらした。そこでようやく自分の置かれた立場に気づいたようだった。

「ただの仲間内の冗談だ。それをそんなにマジな態度で言われてもよ……」と引き攣《つ》った笑みを浮かべて言い捨てる。

「なあ、お前らはわかっているよな。俺が本気で言ってないってことは」

影山ともう一人の男に声をかける。もう一人の男は、「ええ、まあ、それは」と半笑いで応じたが、「冗談には聞こえなかったです」と影山はきっぱりと言い切った。

「なんだよ、お前、冗談のわからない男だな。俺はそこまで横暴な男じゃないぞ」

野々宮は誤魔化すように笑ったが、場には白々とした空気が漂った。

「ちなみにですが、人類はアルコール分解遺伝子を獲得することで厳しい環境を生き延びてきたそうです。しかしシベリアか東アジアで遺伝子に突然変異が生じて、その遺伝子がその地域を中心に広まった。だからヨーロッパやアフリカではほとんどの人がＮＮ型なのに、東アジア一帯だけにＮＤ型、ＤＤ型が存在するとの話です」

毒島さんなりに気を使ったのか、声のトーンを落としてさらなる知識を披露した。

すると、なるほど、そういうことか、とまるで関係のない離れた席から声があがった。

「じゃあさ、酒を飲めない人は、私はアセトアルデヒド分解酵素のＡＬＤＨ２型がＤＤ型だからお酒は遠慮します、って言えばいいんじゃないの？　専門的な知識を披露されたら、きっと馬鹿なアルハラ常習者も引き下がらざるを得ないと思うよ」

「いいな、それ。俺も酒が弱いんだ。ND型なので飲めませんってTシャツを作って着ようかな」

「じゃあ、俺はNN型なのでガンガン飲みますってTシャツを着るわ」

誰かが応じて、緊張から解き放たれたように、どっと店の中に笑い声があがった。

「帰る――」

野々宮が突然立ち上がった。財布から千円札を数枚抜くとテーブルに放って、そのまま振り返りもせずにふらふらと店を出て行った。

「野々宮さん。待ってください」ともう一人の男も金を置いて後を追いかける。それで店の空気が一気に緩んだ。

「すいません。助けてもらってありがとうございます」

酒を強要されていた若い男――影山が立ち上がって毒島さんに頭を下げる。

「助かりました。あいつ、酒癖が悪いんですよ。ずっと飲みの誘いを断っていたんですが、今日は断り切れなくて――最初から酒を飲むように強要するつもりだったんですよ。どうやって切り抜けようか悩んでいたので、意見していただいて助かりました」

「私こそむきになって言いすぎました。このことがきっかけになって、あなたにさらに迷惑がかからないといいのですが」毒島さんは困ったような顔で頭を下げ返す。

「それはいいんです。あそこのアルバイトはもう辞めます。もともと他のバイトに本腰を入れるつもりで、これが最後と思ってあいつの誘いに乗ったんです」

新しいバイト先はここです、と財布から名刺大の紙を取り出した。

「よかったら来てください。サービスしますから」

影山は毒島さんに店のカードを手渡してから、こちらのテーブルまで来て、「みなさんもどうぞ」と爽太たちに同じ紙を差し出した。

【フリー雀荘　ＭＡＪ】とある。

すぐに反応したのは馬場さんだった。

「フリー雀荘でバイトしているのか。場所はどこなんだい」と嬉しそうな声を出す。

「早稲田《わせだ》です。雰囲気のいい店です。禁煙席もあるので若いお客さんや女性の方も多いです」

「レートやルールはどうなっているのかな」

二人は毒島さんそっちのけで話をはじめた。

毒島さんは席に戻ると、温《ぬる》くなったお茶をごくりと飲んでから「それでさっきの話の続きですが」と爽太に向かって切り出した。

4

翌週の金曜日。

爽太は巣鴨の駅前にあるコーヒーショップにいた。入口に近い席をキープして、入ってくる客の年恰好《としかっこう》に目を配る。コーヒーを飲みながら、話すべき内容と順番を頭の中で整理していると、ブレザーにダッフルコートを着た男子高校生が俯《うつむ》きながら入ってきた。緊張した顔で眼鏡のフレームに手をやり、混雑した店内をおずおずと見回している。

爽太はテーブルに置いたスマートフォンの画面に目をやった。くるみから送られていた家族の写真がそこにある。——間違いない。

「健介くん」と腰を浮かして呼びかけた。

眼鏡の男子高校生がぎょっとしたように振り向いた。

爽太はゆっくり立ち上がる。

「原木健介くんだね。僕は水尾爽太、お姉さんと同じホテルのフロントで働いている」

健介は一瞬、逃げ出しそうなそぶりを見せたが、唇をまっすぐに結ぶと、「こんにちは」とどこか観念したかのように頭を下げた。

「話の前にとりあえず飲み物を買ってこようか。コーヒー、紅茶、ジュースとあるけど何がいい？」

「水でいいです」

「店に入った以上、そうはいかないよ。コーヒーでいいかな。毎朝飲んでいるってお姉さんに聞いたけど」

「……はい」

健介をテーブルにつかせると、カウンターでブレンドコーヒーを買ってきた。砂糖とミルクを添えて健介の前に置く。

「ありがとうございます」と健介は頭を下げてから、「お金は払います」と財布を取り出した。

「いや、いいよ。今日は僕が呼び出したわけだから」

「でも、悪いです」

「たいしたお金じゃないし、君が気を使うことはないから」

爽太は健介に財布をしまわせた。

「すいません。それで……話って何ですか。大事な話があるから学校帰りにここに寄るように、姉から言われて来たんですが」健介は不安そうな声を出す。

「うん。お祖母さんの薬のことなんだけど」

半分ほどに減ったコーヒーカップを持ち上げながら、爽太は健介の反応をじっと見る。健介は背筋を伸ばし、両手をまっすぐ膝に置いて、微動だにしないで前を見ている。

「お祖母さんの薬がなくなることがあるって相談をお姉さんから受けたんだ。なくなる理由がわからなくて困っているってお姉さんは言っていた。僕の知り合いに薬剤師の人がいて、その人にどうしてそういうことが起きるのか訊いてもらえないかって頼まれたわけなんだ」

薬剤師という単語に健介の顔が一瞬強張《こわば》った。

「その話をすると薬剤師の人はある推理を口にした。ただしそれは薬の特性から導き出された事柄で、はっきりした証拠があることじゃない。間違ったことをお姉さんに伝えて家族の仲が険悪になったり、君の大学受験に悪影響があったら申し訳がない。だから君に直接訊いてみてほしいとアドバイスを受けた」

健介は不安そうに爽太を見た。

「でも姉には言ったんですよね。ここであなたに会うように僕に言ったのは姉ですが」

「くわしい話はしていない。確認したいことがあるから会う段取りをつけてくれるように頼んだだけだ」

「じゃあ、姉にはまだ……？」

「言ってない。そもそもの話、君が何も知らないと言えば、薬剤師の人に訊いたけどわからなかった、とお姉さんには伝えて、それで話は終わりだ。それ以上のことは——他人の家族の問題に首を突っ込むことはしたくないし、するつもりもない」

言葉を選ぶように言ってから、健介の様子を窺った。

健介は迷うように目を瞬《またた》かせてから、「その薬剤師の人は……どうして薬がなくなったと言っているんですか」と上目遣いに訊いてきた。

「君がこっそり飲んだんじゃないかって言っている。さっきも言ったように証拠は何もない。薬の特性から導き出された推論だから、間違っていたなら、申し訳ないと代わりに謝ってほしいとも言われている」

健介が否定すれば、疑いをかけたことを謝って、それでこの話は終わりになるということだ。しかし健介は否定しなかった。

「その通りです。僕が薬を飲みました」

やはりそうか。

爽太は一拍おいてから、「それは、やっぱり大学受験に対する不安のせいかな」と静かな口調で訊いてみた。

「そうです。いろいろなストレスがあって、不安ばかりが大きくなって……」

健介は砂糖もミルクも入れないままのコーヒーを一口飲んで、ため息をつくように言葉を吐き出した。

「君がよければだけどストレスの原因を聞かせてくれないかな」

言いたくない、と健介が言えばそれ以上は訊かないでいい、もし自らの意志で話をするようなら、途中で否定したり、意見を言ったりせずに最後まで黙って聞いてあげてほしい、と毒島さんには言われていた。

「それは、やはり祖母のことですね……。孫が大学受験を迎える大事なときに認知症なんかになって家族に迷惑をかけたことが原因です」

健介はぼそりと呟いた。

お祖母さんだって好きで認知症になったわけじゃない。いくらなんでもその言い草はないだろう。そんな言葉が喉元までこみあげる。しかし毒島さんの言葉を思い出し、すんでのところで飲み込んだ。唇を噛んで、じっと次の言葉を待ち受ける。

「俺ってついてないんです。まわりの環境に恵まれないっていうか、自分の力が及ばないところで、越えられない壁ばかりに囲まれていて……。同級生には親が大手ＩＴ企業の役員だという奴もいます。塾をかけもちしたり、教科ごとに家庭教師をつけてもらったりしてるのに、俺は予備校の夏季講習や冬季講習に通わせてもらうのが精一杯で、それでつい……」

それから健介は家族の不満を切々と語った。家が安普請《やすぶしん》で生活音が筒抜けなこと、姉がデリカシーに欠けていて受験勉強をしている自分にまるで気を使ってくれないこと、ウチには貯金がないので浪人はさせてやれないと小さな出版社に勤める父親からプレッシャーをかけられていること。

その大半は子供っぽい身勝手な泣き言に思えたが、ここでも毒島さんに言われた通りに爽太は黙って聞いていた。聞いているうちに毒島さんがくるみに話をしなかった理由がわかった。こんな話をくるみが聞けば、きっと感情的になって大喧嘩《おおげんか》になるだろう。他人だから冷静に話を聞くことができる。そのために自分を仲介役にしたのだろうと思ったのだ。

「それが原因でお祖母さんの薬を——アルセクトを飲んだのかい」

言いたいことをすべて言って健介が黙り込んだのを機に、爽太は訊いてみた。健介は顔を上げずにこくりと頷いた。

「——はい。ストレスが溜まってどうしようもなくなったとき」

でも、と震える声で言葉を続ける。

「家族を困らせようとか、祖母に嫌がらせをしようとかってことじゃありません。これだけ手伝っているんだから自分にもなんらかの報酬があっていいんじゃないか……そんな風に思ったせいです」

健介は膝に手を置いて、ふうと大きく息を吐いた。

「勝手な考えだとはわかっています。でも絶対に現役合格をしなければならないなら、それくらいのことはしてもいいだろうと思って……」

すいませんでした、と健介は謝った。顔をあげ、溜まっていた何かを吐き出すように、大きく息を吐く。

「悪いのは自分です。両親と姉——いえ祖母を含めた家族に迷惑をかけました。すいません」

本当に後悔している声だった。

「僕に謝ることはないよ。でもよく認知症の薬にそんな効果があることを知っていたね。薬剤師の人に聞くまで、僕はそんなことを想像すらしなかった」

「クラスの友達に言われたんです。お前の祖母ちゃん、認知症だって言ってたけど、それって考え方によってはラッキーだぞ、認知症の薬には、健常者が飲むと頭がよくなる効果があるらしいぞ、って」

それを聞いて爽太は暗い気持ちになった。

——お前の祖母ちゃん、認知症だって言ってたけど、それって考え方によってはラッキーだぞ——

家族に認知症患者がいる人間なら、日々の介護に追われて必死になっている人間なら、絶対に出てこない台詞だった。知らないからこそ言える無神経な言葉だと思った。

「ふざけやがって、と最初は聞き流しました。でも認知症が進んで、介護の手助けをさせられているうちに、ふとその言葉を思い出したんです」

毒島さんから聞いた説明を思い出す。アルセクト（一般名：ドネペジル塩酸塩）はアルツハイマー型認知症およびレビー小体型認知症における認知症症状の進行抑制の効果がある薬だが、正常な人が使用すると記憶力を高める効果があるそうだ。認知症と受験生というふたつの単語を聞いて、毒島さんはすぐにその可能性を指摘した。しかしそれをくるみに伝えることは躊躇《ためら》った。成績をあげるために病気の祖母の薬をこっそり飲むのは言語道断な行為だが、そうせざるを得ない事情が家庭内にあるかもしれないと危惧したのだ。

介護をきっかけに、円満だった家族が仲たがいしたり、離散したりするケースを在宅薬剤師をしていたときに見たり聞いたりしたせいで、そんなことを考えたらしかった。

「これは部外者が気安く口を出していい話ではありません。といって知らんふりをしていいとも思えません」

あの夜、狸囃子で毒島さんは考え深げにつぶやいた。

「認知症の患者さんが飲むべき薬を飲めなくなる危惧に加えて、服用した人間の副作用の問題もあります。認知症の患者さんの副作用の例では、吐き気、脈が遅くなるなどの身体的症状、怒りっぽくなる、攻撃性があがる、暴言、興奮などの精神的症状が報告されています。薬を飲むことで記憶力がよくなったとして、精神の安定性に問題が生じれば、受験生としてはデメリットの方が多くなります。正常な人間がこの薬を飲んだときのデータはないですが、このままにしてはいけない問題だと思います」

それでタイミングを見て直接健介にアプローチすることを考えた。それとなく訊いて、違うと否定されたら、それ以上は深追いせずに謝ればいい。もし健介が犯人だとしても、姉が他人に相談していることを知れば、それ以降は飲むのをやめるのではないかと考えたのだ。

直接の話は爽太がすることにした。くるみだと感情的になって話がこじれる危険性がある。かといって毒島さんが出ていくのは大袈裟すぎる。そもそも毒島さんが相手では健介が警戒して本当のことを言わない可能性がある。同性で年が近く、さらには姉の仕事場の先輩である爽太がその距離感において適任だと考えたのだ。

くるみには、弟さんに聞きたい話があるから会えるように段取りしてくれ、とだけ頼んだ。くるみは訝《いぶか》しんで、弟が犯人なんですか、と質問してきたが、確認したいことがあるだけだから、と押し切って健介と会う約束を取りつけたのだ。

「祖母に……家族に謝ります」と健介はうなだれた。

「薬がいつの間にかなくなることで家の中はさらに大変になったんだよね。その後でもまだこっそり飲み続けたのはなぜなんだい」

「もうやめようと思いました。でもそのせいで介護にかかわる自分の負担が増やされて。自業自得だとも思いましたが、それならそれでいいやとも思ったんです」

「開き直ったということかな」

「そうですね。それにここでやめたら却って自分の仕業だとばれそうな気もして。それで毒を食らわば皿までの心境で繰り返してしまいました。本当に愚かな行為だったと思います」

健介は肩を落として、姉にすべてを言います、と小声で言った。

実際は家族思いの優しい子なのだろう。

「そうだね。そうするのが一番だと思う」爽太も頷いた。

「それで君がよければなんだけど、僕からお姉さんに今の話をしておくよ。君がしたことは悪いことだけど、同情されるべき事情もある。同じ境遇にいたら僕も同じことをしたかもしれないし、その辺をお姉さんに説明しておく」

「いや、でも、それは悪いです」

「そんなことはない。今日君と会う約束を取りつけたことで、どういうことかとお姉さんは疑っているはずだ。きっとその説明を求められると思うし、君にしても話をしておく方が謝りやすいんじゃないのかな。もともとこの話を薬剤師に訊いてほしいと言ってきたのはお姉さんだし、認知症の薬にそういう効果があることは、専門家の説明があった方が信用しやすいと思う。いまの話を君が直接しても、すぐにはお姉さんに納得してもらえないとも思う。薬剤師から聞いた話として僕から伝えた方が絶対にいいよ」

それは爽太の本音だった。これまで薬に関する事件に関わったことが何度かあるが、薬剤師がこう言っていると伝えると、それまで懐疑的だった人たちがすんなり納得してくれることがあったのだ。

「本当にいいんですか」

「もちろんだよ」

「じゃあ、お願いします。ウチの姉、ああ見えて、怒るとけっこう怖いんですよ」健介は顔をあげて、少しだけ笑った。

爽太は時計を見た。くるみの勤務は六時まで。ホテルを出て七時には巣鴨駅に着くだろう。その後でこの店に来てもらえばいいと考えた。

「ところで薬の効果はどうだった？」

爽太は声をひそめて訊いてみた。飲んだ効果と感想はどうだったのか、訊けたら訊いてほしい、と毒島さんに頼まれていたのだ。

「はっきりとした実感はなかったです。でも最初に飲んだ後の模試の結果が思いのほか良くて……。偽薬効果《プラセボ》かもしれませんが、もしかしたらと思う気持ちがあって、結果的に五回も繰り返すことになったんです」

プラセボ効果という言葉がすんなり出てくるあたりが知識の広さを思わせる。

「ネットでいろいろ調べたんです。そうしたら集中力を高めたり、記憶力をあげるスマートドラッグを使うのは、欧米の学生や起業家では当たり前のことだとあって……」

向知性薬《ヌートロピック》と呼ばれているものが処方薬からサプリメントまで幅広くあって、中でもADHDや認知症の治療に使う薬は強力で効果があるという知識を得たそうだ。

「でもだからといって認知症の祖母の薬をこっそり飲むなんて」

——本当に浅はかで馬鹿でした、と健介は清々《すがすが》しい顔つきで頭を下げた。

その表情には本気の後悔と反省の色が表れている。たぶんもう二度としないだろうと爽太は思った。そのことも含めてくるみに伝えよう。

「わかった。僕はこれからここでお姉さんを待って話をするから、先に帰っていいよ」と健介を送り出す。

一人になって、もう一杯コーヒーを買った。今回、余計な感情を入れずに健介の話を聞いたことで、相手の話を聞くというのが大事なことだとあらためてわかった。家族だからこそついつい感情的になって、冷静に話をできないこともある。くるみとの話を終えて家に帰ったら、あらためて颯子と話をしてみよう。

湯気の立ち上るコーヒーカップを手に取って、爽太はそんなことを考えた。

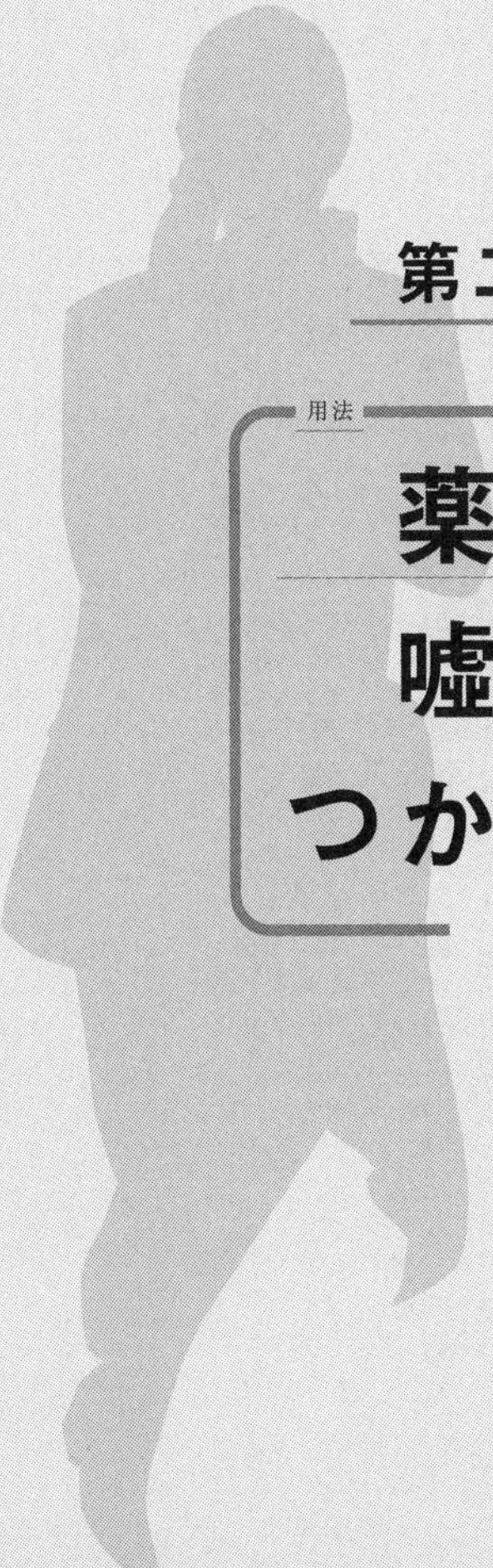

第二話

用法

薬は嘘をつかない

年　月　日

1

「あの後、健介と話をしました」

客足が途切れたのを見計らって、くるみがこっそり囁《ささや》いた。

月曜日の午前十一時。夜勤明けの爽太の業務終了が近い時間のことだった。

「冷静に話はできた？」

「はい。本気で反省していたようだし、話を聞いたら健介の言い分にも一理あるような気がして、受験が終わるまでは負担をかけないように両親と話し合って決めました。父も母も大学に行ってないし、私も専門学校に進学したので、健介がどれだけプレッシャーを感じていたか、よくわかってなかったみたいです」

「それならよかった。健介くん、真面目そうだったから、ストレスで魔が差しただけなんだと思うよ」

「そうですね。もう二度としないと約束してくれましたし、水尾さんに間に入ってもらってよかったです。私が直接話をしていたら、感情的になって喧嘩になっていたと思います」

「それはわかる。ウチも妹がいるんだけど、感情的になるとお互い遠慮がなくなって、言い合いになることがあるんだよね」

「本当にありがとうございます。水尾さんも困ったことがあったら言ってください。私にできることならなんでもしますから」

「ありがとう。気持ちだけもらっておくよ」

「遠慮しないでください。薬剤師の人との仲、進展してないようなら私が力になってもいいですから」くるみは悪戯《いたずら》っぽく囁いた。

そこにチェックアウト客の一団がエレベーターから降りて来た。対応に追われて、その後は仕事に忙殺された。くるみにまた声をかけられたのは三十分ほど過ぎた頃だった。薬剤師の人の件ではなく、仕事に関する報告だ。

「七〇一号室の方、今日がチェックアウトなんですけど、内線をかけても通じないです」

部屋番号を聞いて思い当たった。「たしか長期滞在のお客様の部屋だよね」

「はい」とくるみは頷いた。「マイケル藤森《ふじもり》さんのお部屋です」

マイケル藤森は、クリスマスの前から七〇一号室に宿泊している日系アメリカ人だった。性格は陽気で、人懐っこく、日本語を勉強中だとかで、フロントスタッフにも顔を合わせるたびに英語と片言の日本語で話しかけてくる。くるみのことを気に入っているようで、フロントに来るたび、あのタイニーガールはどこだ、とふざけたように訊いてくる。観光地で買ってきたお土産《みやげ》を渡してくれ、と言ってきたこともあれば、くるみの退社時間直前を見計らったようにフロントに来て、お茶でもしよう、と誘ってくることもあるそうだ。

さすがにお茶は断ったけれど、昼休みにコーヒーショップにいるところに偶然出くわして二十分ほど話をしたことはある、とくるみは前に言っていた。

「宿泊を延長するって話はありました？」

くるみに言われて、爽太はフロントシステムの顧客情報を呼び出した。宿泊日の確認をすると今日がチェックアウトの日なのは間違いなかった。気になったのは部屋代の一部と食事代の三万円ほどが未収となっていることだ。

「延長の連絡はないね。今日がチェックアウトで間違いない」

「じゃあ、もう一度かけてみます」

くるみは内線電話で七〇一と押した。しかし呼び出し音が続くばかりで応答はない。思い返してみると昨夜は顔を見ていない。嫌な予感が脳裏をよぎる。もしかして料金を払わないままで逃げる悪質な客《スキッパー》だったのか。

「部屋を見てくる」

マスターキーをもって七階に行く。すでにほとんどの客がチェックアウトしているため、目につくのは忙しく立ち働く客室係の姿ばかりだった。

七〇一号室の前に立つと、ドアには『Don't disturb』の札が下げてある。滞在中であれば、掃除はいらないから起こさないでくれという意味になるが、チェックアウトの日に札を下げる意味はない。

　客室係の責任者の南《みなみ》さんが通りかかったので、その札がいつからあるかを訊いてみる。

「昨日の朝もありました。だから昨日は掃除をしていません」

　記録を見ながら南さんが言った。嫌な予感が強くなる。南さんに事情を話して立ち会ってもらうことにする。

　爽太はゆっくりとドアをノックした。しかし当然のように応答はない。

「お客様、失礼します。チェックアウトの時間を過ぎておりますが」

　もう一度ノックをしてから、ドア越しに呼びかける。それでも部屋から応答はない。

　返事がない理由を考える。未払いの金を払わずに逃げた。チェックアウトの日を忘れて外出している。部屋で寝ていて気がつかない。あるいは具合が悪くて部屋の中で倒れている。

「返事がないですね」

　後ろに控えている南さんが不安そうな声を出す。

「仕方ない。開けますね」

　フロントから持ってきたマスターキーを取り出した。鍵穴《かぎあな》に差し込んで、ゆっくりドアを押しあける。チェーンロックはかかっていなかった。十センチほどの隙間《すきま》を作って、部屋の中を覗き込む。丸められたタオルと寝間着、空っぽのベッド、紙くずで一杯のゴミ箱が目に入る。人の気配はないようだ。さらにドアを押しあけ、部屋の奥を覗き込む。サイドテーブルにルームキーが置いてあるのが見えた。

爽太は部屋の中に足を踏み入れた。壁際に使い込まれたスーツケースがあり、ハンガーには白いTシャツがかかっているのが見えた。

荷物があるということは、今夜も宿泊するつもりでいる可能性も否めないということか。もしかしたらチェックアウトの日付を間違えているのかもしれないな。

「チェックアウト……じゃないんでしょうか」覗き込んだ南さんが困惑したように言う。

「とりあえずこのままにしておきましょう」

ドアを閉めてフロントに戻り、くるみに事情を説明する。

「困りましたね。どうしましょう」

「七〇一号室には他の予約を入れないで、本人が戻ってくるのを待つしかないね」

現時点でスキッパーと断定することはできない。引継ぎ事項として夜勤の人に伝えてもらうようにくるみに頼み、爽太はその日の仕事を終えた。

そして翌日。

夜勤のために出勤した爽太は、使い込まれたスーツケースとハンガーにかかったTシャツが事務所の隅に置いてあるのを発見した。

「これって、もしかして」

「はい。七〇一号室の荷物です」くるみは頷いた。

「どうしてここに?」

「馬場さんが運んできました」

馬場さんは中番のシフトに入っている。

「どうしたんですか」

フロントにいる馬場さんに訊く。

「昨夜も戻ってこなかったらしい。確認したらスーツケースは空だった。部屋には衣《え》紋《もん》掛《か》けにかかったTシャツが一枚あるだけで、他に荷物は何もない。たぶん逃げたとすぐに気づかせないための小細工だな。常習犯がよくやる手口だ。最初から金を払わずに逃げるつもりでいたわけだ」馬場さんは憮然とした顔で言う。

嫌な予感が現実になった。しかしどこか釈然としないふしもある。

「でもアメリカから日本に観光に来て、わざわざそんなことをしますかね」

「遊び過ぎて金がなくなったのかもしれないな。あるいは本当は日本人だけど、アメリカ人のふりをしている可能性もある」

「チェックインの際にパスポートのコピーをもらっています」

「そんなの本物かどうかわかったもんじゃないぞ。いまどき偽物のパスポートなんて、ネットで簡単に買えるだろうし」

「本当に日本語がわからない風だった？」爽太はくるみに訊いてみた。

「はい。演技だったらたいしたものです。私はすっかり信じてました」

彼から聞いたという話をくるみは教えてくれた。

「シアトルに住んでいると言っていました。日本のアニメが好きで、ずっと遊びに来たいと思っていた、今回はお金を貯めてようやく来られた、東京はすごくエキサイティングな街ですごく興奮している、と喜んでました」

「アニメのファンか。そういえば漫画のチラシがゴミ箱に捨ててあったな」

馬場さんはスーツケースの脇に置かれた半透明のゴミ袋を指さした。部屋のゴミ箱に捨ててあった紙ごみがその中に移されている。爽太は袋を手にとって中を見た。ほとんどがチラシや小冊子のような紙ごみだった。フィギュアが入っていた空容器や、カプセルトイの空容器も混じっている。

あれ――。

気になる物が目に入った。ゴミ袋に手を入れてその紙をつまみ出す。調剤薬局で処方箋を出すときに一緒に患者に渡される医薬品情報提供書だ。駅の反対側にある大手ドラッグストアに併設された調剤薬局が出している。医療機関は希望《きぼう》の星《ほし》クリニックとなっていた。

処方薬の内容は、マイレース（一般名：フルニトラゼパム）三十日分。

スマートフォンを取り出し、マイレースで検索する。ベンゾジアゼピン系の睡眠薬とあった。作用時間は中間型で、脳の機能を低下させることで睡眠を促す効果があるそうだ。

アメリカでは日本より薬を飲むことのハードルが低いという話を聞いたことがある。環境が変わると寝つけない人もいるし、時差ボケを直すために処方してもらった可能性もあるだろう。

いや、待てよ。医薬品情報提供書の日付は四日前だった。チェックインしたのは去年のクリスマス前。ならば時差ボケもないだろう。なにより三十日分は多すぎる。この後、一か月も日本に滞在するつもりなのか。

何か変だと思って他の紙ごみを確かめてみた。すると殴り書きのような文字が書かれたメモ紙が丸めて捨てられているのを見つけた。手書きで日本語――漢字らしき文字が書き込まれている。日本語の勉強中だったらしいが、そこに書かれた文字は普段使う文字ではなかった。【死】【嫌】【逃】【転生】【恐】といった漢字がびっしり紙面に書き込まれている。

少し前に、北海道のホテルに宿泊した外国人女性が行方不明になったというニュースが流れたことを思い出す。ホテルの部屋には荷物と一緒に、死ぬ前に美しい景色を記憶に残しておきたい、と書かれたメモも残されていたそうだ。捜索願いが出されて、警察が捜索して保護したそうだが、女性は精神的に悩んでいて、自殺する場所を探して彷徨《さまよ》っていたと告白したらしい。

——マイケル藤森が同じことを考えている可能性はあるだろうか。

爽太は不安になってそれを馬場さんに訴えた。しかし馬場さんは首をひねって、「俺も何度か話をしたけど自殺しそうなタイプには見えなかったぞ」と爽太の考えを否定した。

「これってアニメの真似《まね》です。『世紀末大戦ヴァンダリオン』です」くるみがメモを覗いて口を開いた。

「オープニングに出てくるシーンの模倣です。登場人物の心象風景を文字にしたもので、本人が自殺するとか、そういうことじゃないと思います」

『世紀末大戦ヴァンダリオン』は九〇年代に流行ったアニメ作品だ。年代がずれているので爽太は見てないが、大学時代の友人で熱烈なファンがいたはずだ。数年前には劇場版が作られて、外国人のファンが増えているという話を聞いたこともある。マイケル藤森もそのアニメのファンだったようだ。

「チェックインしたとき、ロゴの入ったシャツを着ていたんです。それを言ったら喜んで、それ以来頻繁に話しかけられるようになったんです」

くるみが気に入られたのにはそういう理由があったのか。

「じゃあ、自殺は心配しなくていいのかな。でもこの後どうします。代金を払わずに逃げたと警察に訴えますか」

爽太は馬場さんに言った。

「とりあえずは支配人に報告だな。あとは支配人の考え次第だけど、たぶんそこまですることはないだろう」

「どうしてですか。食い逃げならぬ泊まり逃げですよ」くるみが不満そうに言う。

「宿泊の場合、その判断が難しいんだ。現時点ではっきり逃げたという証拠はない。空のトランクと着古したTシャツでも一応私物には違いない。仮に当人が捕まったとして、逃げてない、まだ泊まるつもりだった、先まで予約を取っていたと勘違いしていたと言い張れば、警察だって何もできないさ」

警察に行っても被害届すら受けつけてくれない、と馬場さんはもっともらしく頷いた。

「パスポートのコピーがあるじゃないですか。それを警察に届ければ出国審査のときにチェックして捕まえてくれるってことはないんですか」

くるみが不満そうに言うと馬場さんは笑った。

「警察だって忙しいんだ。こんなちんけな案件、捜査なんかしてくれない」

「でもホテルで無銭宿泊を繰り返していた人間が逮捕されたというニュースが流れることがあるじゃないですか」

「それは数十万円以上の被害があるケースだな。常習者の場合は他に余罪があるケースも多い。でもこの案件はそこまでじゃない。コストパフォーマンスを考えればこれは放置の一択だ」馬場さんは自信たっぷりに言い切った。

「この荷物はどうします。処分するんですか」爽太はスーツケースに目をやった。

「それをできないのがこの仕事の辛《つら》いところだな。本当に勘違いで戻ってくる可能性もわずかながらあるからな。そんなときに荷物を処分していたら、また別のクレームになる。荷物はこのまま預かって、連絡があれば未納の代金を請求する準備をしておく。我々にできるのはそれくらいだな」

まあ二度と戻ってはこないと思うがね、と馬場さんは怒るでもなく、諦めたように言った。

「なんかがっかりですね。マイケル藤森さん。信用できる人だと思っていたのに、そんな人だったなんて」くるみが肩を落として呟いた。

「一緒にお茶をしたとき、アニメの話とか楽しそうにしてくれたんですよ。あれも私を信用させるための嘘だったのかな。それを思うと誰も信用できない気持ちになります」

人懐っこさの裏にそんな企《たくら》みがあったのかと思えば、落ち込む気持ちは理解できる。

「まあ、そんなに気を落とすなよ」と馬場さんが慰める。「常習犯なら他のホテルで同じことをするかもしれないな。今日明日中に連絡がなければホテル連盟に情報を流しておこう」

ホテル連盟とは同業他社の集まりだ。スキッパーや悪質なクレーマーなど素行の悪い客の情報を共有するデータベースを備えている。

「よし、傷心のくるみちゃんを慰めるために今夜は赤城屋に行くか」

馬場さんが言ったが、くるみはあっさりかぶりをふった。

「夜は英会話学校があるので、気持ちだけありがたくいただいておきます」

2

数日後、爽太は学生時代の友人と会った。

待ち合わせの場所は池袋。当時よく通った食べ放題の焼肉店の前だ。安さが売りで、どの時間帯に行っても学生で一杯になる店だった。社会人になった今は、もっとグレードの高い店にも行けるのだが、懐かしさもあって、あえてその店で会うことにした。

友人の名前は平山慧《ひらやまけい》。ゼミが同じで映画研究会の副会長をしていた。映画を観ることと食べることが何より好きという、穏やかな性格の男だ。卒業後はＩＴ系の会社に就職していて、会うのは三年ぶりになる。

約束の十分前に店に着いた。当時と変わらず店は学生たちで満席だ。平山は何事にもおおらかな男で、時間にもきっちりしていない。どうせ五分や十分は遅れるだろうと思っていると、意外にも時間ぴったりに現れた。

その姿を見て爽太は驚いた。学生時代の面影がまるでない。当時の平山はずんぐりむっくりした体型をしていて、身長は爽太と同じだが、体重は三割ほど多かった記憶がある。

それが今では見違えるようだった。スーツの上からでも肩幅が広くなり、胸板も厚くなっているのがよくわかった。ぽっこりしたお腹は平らになって、顔の大きさも一回りほど小さくなっている。全体的に無駄な肉がすっきりと削《そ》げ落ちたようだった。

「久しぶり」

片手をあげて挨拶をするその様子だけは当時のままだった。

「どうしたんだよ。その体」

口をあんぐり開けて、爽太はその後に続く言葉を失った。

「なんだよ。どこか変わったか」

平山はにやにや笑っている。爽太の反応を楽しんでいる顔つきだ。

「変わったどころの話じゃない。まるで別人じゃないか」

爽太は一歩さがってまじまじと平山を見た。ただダイエットをしただけではなく、筋肉の量が増えていることが明白だ。

「スポーツでもはじめたのか。でも運動は苦手だって言ってたよな」

高校時代のスポーツテストでは百メートル走で二十秒オーバー、ソフトボール投げでは二十メートルちょっとだったという話を本人から聞いたことがある。

「とにかく店に入ろう。話は飯を食ってからだ」

平山は先に立って店に足を踏み入れる。店の様子は昔と変わっていなかった。大学生や専門学校生、あるいは高校生らしき男女の話し声や笑い声が満ち溢《あふ》れている。

さっそく中央の卓に並べられた肉を持ってきて、自分のテーブルの金網で焼いた。丼飯に甘辛のタレをからめたカルビやロースをたっぷり乗せて、がつがつとかっ込んでいる平山の様子は当時とまるで変わらない。

お互いの近況報告もほどほどに、爽太は平山の変貌のワケを問いただした。

しかし当の平山はすぐには答えずに、肉を焼きながら「俺も少し飲もうかな」と爽太の手元のビールのジョッキに目をやった。平山の前にはコーラと水の入ったグラスが並んでいる。

「少しは飲めるようになったのか」

学生時代はビールをコップ一杯飲んだだけで顔を真っ赤にして、気分が悪い、と言っていた。

「いや、ほとんど変わらない。だから普段は飲まないんだ。でも今日くらいは飲んでもいいかと思ってさ」

久しぶりの再会を祝しての台詞なのだろうと爽太は思い、店員を呼んで小ジョッキを注文した。

「酒が飲める飲めないは、体内のアセトアルデヒド分解酵素のタイプによって決まるらしいぞ」

爽太は毒島さんから聞いた知識を披露した。

体内に取り込まれたアルコールはアルコール脱水酵素によってアセトアルデヒド、次いでアセトアルデヒド分解酵素によって酢酸へと分解される。アセトアルデヒド分解酵素には分解能力が高いとされるN型と、突然変異で分解能力が低下したD型が存在する。子供は親からどちらかの遺伝子を受け継ぐので、アセトアルデヒド分解酵素に関してはNN型、ND型、DD型の三パターンの人間が存在することになる。

NN型は酒に強く、DD型は酒を飲めない。そしてND型がその中間だ。

「多分だけど俺もお前もND型だな。全然飲めないわけではないが、がんがん飲めるほどに強くはない。NN型だとかなりの量を飲まないと顔が赤くならないってことだから」

「でもお前は俺より全然飲めるじゃないか」

「ND型の中でも飲める量には個人差があるんだよ。NN型寄りのND型もあれば、DD型寄りのND型もある。俺が前者で、お前は後者ってことだろう。だから無理はしない方がいい」

「なるほどな。でもせっかくのチートデイだから、今日くらいは飲んでみるつもりだよ」

チートデイとは何だろう。しかし尋ねる前に平山に訊かれた。

「それにしてもそんなことをよく知ってるな。ホテルの仕事って、客の飲める酒の量を調べたりもするのかよ」

仕事がらみで得た知識だと思っているようだ。どう説明しようかと口ごもっているところに店員が飲み物を運んできた。テーブルの上は肉を乗せた食器で一杯だ。場所を作ろうと手を伸ばした平山が水の入ったグラスを誤って倒した。こぼれた水がテーブルを伝って金網の中に流れ込む。じゅっと大きな音がして白い煙が立ち上った。爽太は慌ててグリルの火を消した。

「ごめん、ごめん」平山が謝った。

「相変わらずそそっかしいな。まだ飲んでもいないのに」

「飲んだらもっとひどいことになるかもな」と平山は笑った。

「俺は子供の頃から運動が苦手で太っていた。それを学校で馬鹿にされたり、笑われたりすることがよくあった。運動がうまくなりたい、痩せたいって思って、こっそり努力をしたこともあったけど、何をやってもうまくいかなくて、ずっと運動音痴で太ったままだった。なにせ両親もデブで、運動は苦手というんだからどうにもならないよ。これは遺伝で決まったことだと諦めて、馬鹿にされたり、笑われたりしても、それで自分が損をするわけじゃないって、常に自分に言い聞かせて生きてきた」

「生まれつき太ってたって言うけど今は違うじゃないか」

爽太は再びグリルに火をつけた。

「何をしてそうなったんだ。ダイエットか、それとも筋トレか」

ダイエットという言葉で颯子の顔、筋トレという言葉で毒島さんの顔が頭に浮かぶ。

「両方だ。食事調整をしながら、週に三回、ダイヤモンドジムに通っている」

ダイヤモンドジムといえばアメリカ発祥のアスリート御用達《ごようたし》の専門的なスポーツジムだ。

「本格的じゃないか」

「そんなことない。通っているみんながアスリートやボディビルダーってわけじゃない。健康増進の目的で来ている近所のおじさん、おばさんも大勢いる」

「でも健康増進でそこまで筋肉はつかないだろう」

　爽太はあらためて平山の体つきを見た。背広を脱いだせいで、胸や腕のみならず、肩の筋肉が盛り上がっていることがよくわかる。

「たいしたことないよ。もっとすごい人は大勢いる」

「上を見たらそうだろうけど、でも本当に変わったよ。どれくらいの期間、やっているんだよ」

「もう二年になるかな」

「きっかけはなんだったんだ。会社の健康診断の結果が悪くて、運動を勧められたとかいうことか」

　馬場さんの顔を思い浮かべながら爽太は訊いた。

　平山はすぐには答えなかった。ジョッキを持ち上げビールを一口飲んだ。平山が手にしたジョッキがかすかに震えていることに爽太は気がついた。なんだろう。酒に強くないと言っても酔うにはまだ早すぎる。なにか緊張することでもあるのかな。

「……長谷川《はせがわ》梨乃《りの》って覚えているか。大学のゼミで一緒だった」と平山は言った。

「たしかラクロス部の主将だったよな」

　ショートカットが似合う清潔感のある娘《こ》だった。性格も明るく、はきはきして、誰とても垣根を作らずに話をする姿に好感をもったのを覚えている。

「彼女に誘われたんだ。ダイヤモンドジムでトレーニングをしているから一緒にしようって言われてさ――」

「へえ、そうなんだ」

意外な組み合わせに驚いた。性格も趣味嗜好《しこう》でもまるで正反対そうな二人だけど、どこに接点があるのかと不思議になった。

「卒業後にばったり再会したとかそういうことか。それで健康のために誘われたとか」ありえそうなシチュエーションを想像して口にした。

「いや、実は……」

平山は口ごもって、両手でビールのジョッキを持ちあげ口元に運んだ。今度は手は震えていなかった。

「……俺たちつきあっているんだよ」

「本当か！」

その日一番の驚きに、近くの席の学生グループが振り返るほどの大声が出た。

「いつだよ。いつからつきあっているんだよ」

声をひそめてあらためて訊いた。

「正式につきあうようになったのは卒業後だけど、実は在学中から二人で一緒に出かけたりはしていた」

　梨乃はクラブ活動命の体育会系女子だと思っていた。運動が苦手な平山とどこに接点があるのかわからない。

「いまだから言えるけど、彼女、あるアニメのファンだったんだ。当時持っていた彼女の携帯電話に限定品のストラップがついていて、それってあれだよね、と声をかけたのが話をするようになったきっかけだよ」

　アニメと聞いて閃《ひらめ》いた。

　平山は『世紀末大戦ヴァンダリオン』のディープなファンだった。学生時代にいろいろな話を聞かされて、お前は映画研究会じゃなくて本当はアニメ研究会の副会長じゃないのか、とからかったこともある。

　あの作品は特別さ、オープニングからエンディングまで映画愛に溢れているところが好きなんだ、小津安二郎《おづやすじろう》や山中貞雄《やまなかさだお》へのオマージュが全編に溢れているんだよ、と平山が返した言葉も覚えている。

「彼女がアニメ好きだったとは意外だな」

「あのさ、俺も彼女もアニメ全般が好きってわけじゃないんだよ。あの作品が好きなんだ。いろいろな立場で感情移入できるキャラが何人も登場するし、コンプレックスを抱えている少年少女のハートを直撃するインパクトがあるんだよ」

昔もそうだったが、その作品のこととなると平山は熱くなる。

「コンプレックスを抱えている少年少女って言うけど、彼女はそんなタイプじゃないだろう」

「そんなことないよ。というか、そう見られてしまうことが彼女のコンプレックスだったんだ」

平山の話によると、梨乃は優等生を演じることに疲れていたそうだ。子供の頃からはきはきした性格でリーダーシップもあるために、ことあるごとに人の上に立って、まとめることを大人たちから強いられてきた。本当は人の目なんか気にしないで、好き勝手にやりたいのにできなかった。そんな後悔が心の中にずっとあって、そんな心情をアニメのキャラに重ねることで、心に積もった鬱屈を晴らしていたのだという。

「おおっぴらに言えることじゃないから、他人にその話をしたことはないけどさ」

「アニメが結んだ縁ということか」

そう言葉にしてみたけれど、やはり実感はない。

「でもやっぱり意外だな。長谷川梨乃とお前がカップルになるなんて、当時のことを思い出してもまるで想像がつかない」

彼女と一緒にジムに通っているのか、と爽太は訊いた。

「前はな。今は仕事の関係でなかなか一緒に行けない」

そう言ってから、「肉をもってくる」と平山は席を立つ。

その後ろ姿を見て、あらためて変わったな、と感じ入る。筋肉量は二十歳頃にピークを迎える、という毒島さんの話をあらためて思い出す。ということは、このままなら自分も衰えるだけなのだ。

ジムに行ってみようか、とちらりと思う。そうすれば毒島さんと共通の趣味を持てるわけだし。

そんなことを考えていると、平山がカルビやロースやホルモンをそれぞれ大盛りにして戻ってきた。

「トレーニングはどんな感じなんだ」参考のために訊いてみる。

「まずマシンを三セットやって、その後にバーベルを使ったスクワットとベンチプレスを十回ずつ三セットやっている。その後は日によって違うけど懸垂や背筋、腹筋を鍛えたり、トレッドミルを一時間やるときもある」

持ってきた肉をトングで金網に置きながら平山は言った。

「週に何回行けるかで内容を変えることもあるな。上半身中心と下半身中心でまったく違うメニューを組むこともあるし、体調が良ければセット数を増やして追い込むこともある」

「マシンはどれくらいやるんだよ」

「上半身中心のときはラットプルダウンやチェストプレス、アームカールとか。七から九種類。下半身中心ならレッグプレスやレッグカール、アブダクションとかで十種類くらいかな」

「全部やるのにどれくらいかかるんだ」

「二時間から三時間くらいかな。休みのときはもっとメニューを増やして、四時間くらいはジムにいる」

それを聞いて諦めた。「俺にはとても無理な話だな」

「なんだ。やってみる気になったのか」

「お前を見て心が動いたけど、今の話で心が折れた」

「最初からそこまでしなくていいんだよ。三十分でも一時間でもいいから、とにかく体を動かすことが重要なんだ」

「三十分どころか、十分だって無理そうだ」

「ジムに行けばトレーナーがいる。相談すれば体力にあったトレーニングメニューを作ってくれる」

「それはわかるけどさ」爽太はため息をついた。「お前がそこまで筋トレに打ち込むのはどうしてなんだ。ボディビルの大会とかに出るつもりなのか」

「そういうのとは違う。もっと単純な話だよ」

俺にとって筋トレは唯一まともにできる運動なんだ、と平山は皮肉な笑みを浮かべて呟いた。

「俺の運動神経がひどいことは、お前だって知っているだろう。野球も卓球もボウリングも人並みにできない。走るのも遅いし、プールに行っても十メートルと泳げない。子供の頃からそんな感じで、ずっと疎外感を覚えてきたんだよ。でも筋トレは違う。トレーナーの言うことを聞いて、真面目にこなせば絶対にうまくいく。運動神経がないからできないってことはないんだよ。それで筋肉という形で結果も目に見えてわかるんだ。筋トレをはじめて、筋肉は嘘をつかないって言葉の意味がわかったよ。努力したことがはっきりと形になってあらわれる。どれだけ練習したって一五〇キロのボールを投げられるとは限らないし、ダンクシュートを決められるわけじゃない。でも筋トレは違うんだ。努力さえすれば必ず報われる」

だから何があっても頑張れる、と平山は噛みしめるように口にした。

なるほど。そういう理由があったのか。

「すごいな。お前のこと、本気ですごいと思ったよ」思わず本気で褒めていた。

「そんなことはないけどさ」

「でも映画はどうなったんだ、大学時代は週に三本は映画館で必ず観ているって言っていたけど、いまはもうやめたのか」

「まあな。行きたい気持ちはあるけれど、なかなか時間が取れないのが現状だ」平山の眉間にしわがよる。

「映画よりジムを取るってことは、やはり彼女、長谷川梨乃の存在が大きいわけなのか」

「うん、まあ……そうかな」

平山は目線を切って呟くと、焼きあがった肉を小皿に取って、白飯と一緒にかっこんだ。それを見て気がついた。

「食事制限とかはしてないのか。ボディビルダーは脂肪や炭水化物は控え目にして、野菜やたんぱく質中心の食事を摂るってテレビで見たことがあるぞ。大会に出るんじゃないにしても、こんなにドカ食いしていいのかよ」

「平気だよ。今日はチートデイだから」

そういえばさっきも言っていた。「なんだよ。チートデイって」

「チートっていうのは騙すって意味だ。つまり自分の脳を騙すのさ」

意味がわからない。すると平山は説明してくれた。

チートデイとは減量中の停滞期を乗り切るためのテクニックだそうだ。人間の体には恒常性維持と呼ばれる機能があり、減量中に脂肪が減少すると体が飢餓状態だと考えて、消費エネルギーを抑えようとする働きがあるそうだ。結果的に摂取する量を減らしても、なかなか減量ができない状態になるという。それを防ぐのがチートデイだ。その日だけ通常以上のカロリーを摂取することで、今は飢餓状態ではないと脳に認識させて停滞期を打破するのだ。

「普段はたんぱく質とビタミン中心の食事を摂っている。今夜だけは特別だ」

「昔はよく炭酸飲料を飲みながらポテトチップスを食っていたけれど、あれも今はやめたのか」

「この一年、チートデイ以外で口にしたことはない」

「すごいな。やっぱり俺には無理そうだ」爽太は本気で感心した。

「そこまでするならボディビルの大会を目指した方がいいんじゃないのか」

「いや、無理だ」平山は苦笑いして手をふった。

「大会に出るような人たちは、それこそ生活のすべてをトレーニングと減量に捧げている。鶏のささみとブロッコリーだけの食事を何年も続けている人もいるんだぞ。足りない栄養素はサプリメントで補っているそうだ。俺なんかまるで足元にも及ばない」

どこか卑下するような口調で平山は言った。

「彼女も同じような生活をしているのか」

「俺よりも彼女の方が上手《うわて》だな」

平山がスマートフォンを差し出して、爽太はそれを受け取った。

　画面にはセパレーツのスポーツウェアを着た長谷川梨乃の姿がある。爽太はスマートフォンを手に取ってまじまじと見た。梨乃はジムらしき場所でマシンの前に立ち、笑顔でVサインを掲げている。よく鍛えられた体をしていることは素人目にもよくわかる。腕にも足にも無駄な贅肉《ぜいにく》はついてない。

「すごいな。学生時代より体が大きくなった気がするぞ」

　当時はもっと華奢《きゃしゃ》だった気がする。

「気だけでなく本当にそうだよ。当時よりも体重は増えているらしい」

　梨乃は卒業後にスポーツ用品のメーカーに就職したそうだ。営業の仕事でトレーニングジムをまわるうちにマスコミにも登場している女性トレーナーと知り合って、その影響もあって本格的なトレーニングをはじめたらしい。

「仕事に役に立つと思ってはじめたそうだけど、いまは完全にハマってトレーニングのない生活は考えられないと言っている」

「その影響を受けてお前もハマったってことか。いいな。羨ましいよ。共通の趣味をもった彼女ができて」

　爽太はスマートフォンを返そうと平山に差し出した。受け取ろうと伸ばした平山の手が震えている。次の瞬間、スマートフォンがごとんと音を立ててテーブルに落ちた。

「あっ、ごめん」

「いや、いいよ」

平山は反対の手でスマートフォンを持ち上げ、テーブルの端に置いた。

「大丈夫か」

「壊れてないよ」平山はスマートフォンにちらりと目をやった。

「スマホじゃなくてお前だよ。手が震えていたように見えたけど」

「震えてない。スマホを落としたのはビールのせいだ」

平山は否定したが、小ジョッキに入ったビールはほとんど減っていない。それとも久しぶりに飲んだことで、少量でもアルコールがまわったということなのか。

「飲んで手が震えるのは、よくあることなのか」

念のためにもう一度訊いてみる。毒島さんと知り合って以来、他人の体の不調に敏感になっていた。

「いや、震えてない」

平山は頑《かたく》なに否定する。そして両手をテーブルの下におろすと、「それより、この前、沢村《さわむら》と偶然会ったんだけど」と大学の同級生の名前を出して話題を変えた。

3

「だけどその後もまたグラスを倒して、テーブルを水浸しにしたんですよ。おかしいと思いませんか。酒を飲んで手が震えるって、もしかしてアルコール依存症とかってことはないですかね」

二日後、爽太は一緒に夜勤に入った馬場さんに訊いてみた。

日曜日ということもあって予約は少なく、フロントまわりは閑散としている。

「馬鹿だな。お前。アルコール依存症だったら酒を飲めば震えが収まるんだよ。飲みながら手が震えるというと話が違う。もっと他の病気を疑った方がいいんじゃないか。脳梗塞《のうこうそく》とか脳溢血《のういっけつ》とか」ハンカチを出して額の汗を拭いながら馬場さんは言った。

「もちろん調べました。でも脳梗塞や脳溢血の前兆は手が動かなくなるということらしいです。手が震えるのは後遺症の方ですよ」

「ああ、そうか」と馬場さんは笑った。「しかし世の中は無情だな。不摂生な生活を送っているのにまるで病気にならない奴もいれば、常日頃から健康に気を使っても重い病気になる奴もいる。やっぱり自らの運命は天に委ねて、好きなように生きるのが正解だ」

「まだあいつが病気と決まったわけじゃないですよ。それに馬場さんの場合は運命を天に委ね過ぎだと思います」

「いやいや、俺だって体には気を使っているんだぞ」とカウンターの下に置いてあるペットボトルの水を飲む。冬季の感染症対策として、手近なところにペットボトルを置いて、水分補給をすることは業務上認められている。

「たとえばどんなことですか」

「どんなって、そうだなあ」

馬場さんは眉間にしわを寄せて考え込んだ。

「たとえば薬物だ。酒と煙草はやるが覚醒剤とか大麻とかの薬物には手を出さない。それだって体には気を使っていることの証明になるだろう」

「そんなの当たり前のことじゃないですか」

「その当たり前のことを守れない人間が大勢いるのが現状だ。そうだ。いま思いついたけど、その友達も薬物をやっていて、それで手が震えているんじゃないのかい」

「性格からして考えられないです。それに薬物中毒患者が、あれだけ厳しいトレーニングを続けるのは難しいと思います」

「わからんぞ。現にプロ野球選手やサッカー選手だって薬物で逮捕されることがある」

言われてみるとたしかにそうだ。しかし平山に限ってそんなことをするとは思えない。

「しかし暑いな。暖房が強すぎないか」馬場さんはまた水を飲む。

爽太はロビーとフロントの暖房の温度を確かめた。二十五度に設定されている。誰もいないこともあって二十二度に設定を直す。「暖房としてはこれが最低です」

「喉が渇くんだよ。乾燥しているせいかな」と馬場さんはまた汗を拭いてから、「ところで話は変わるけど、例のマイケル藤森、うちをチェックアウトした後で五反《ごたん》田《だ》のホテルに宿泊していたことがわかったぞ」

「どうしてわかったんですか」

「データベースの不審者情報を見た、とそのホテルの支配人から連絡があったんだ」

そこは宿泊代前払いのホテルだった。宿泊の延長を希望したのでその分の代金を請求すると、それならいい、と言ってチェックアウトをしたそうだ。その後に支配人がデータベースの情報を見て、それと気づいて連絡してきたそうだ。

「やはりスキッパーの常習者みたいだな」と馬場さんは欠伸《あくび》を噛み殺しながら言った。


その夜の仮眠時間、爽太はスマートフォンを見ながら平山のことを考えた。ブックマークには、手が震える病気について調べた履歴があった。パーキンソン病、本態性振戦、書痙《しょけい》、甲状腺機能亢進《こうしん》症、糖尿病による低血糖。病名とその症状が並んでいる。

パーキンソン病は静止時振戦、動作緩慢、筋強剛、姿勢保持障害を主な運動症状とする神経性の病気だが、五十代以上での発症が多いとされている。静止時振戦といって筋肉に力を入れていないときに起こる震えを伴うそうだが、筋肉に力を入れると震えは消えるとのことだった。平山の震えはジョッキを持ち上げたときに起こったものだから、静止時振戦とは違っている。

本態性振戦は原因不明の手や首が震える病気で、パーキンソン病と間違えられることもある。日常生活に支障がなければ薬を飲むこともないそうだが、他の病気ではないことを確認するために検査する必要があるそうだ。

書痙では字を書こうとすると手が動かない、震えるなどの症状が出るそうだが、状況から考えてこの症例は関係ないだろう。

糖尿病で低血糖になると、冷や汗、動悸《どうき》、意識障害、痙攣《けいれん》などとともに手足の震えが出ることがあるそうだ。炭水化物を抑えた食事制限をしている平山が、糖尿病にかかる可能性は低そうだが、空腹時に激しい運動をすると、健常者でも一時的に低血糖になることがあるようだ。トレーニングに熱中するあまり過度な食事制限をして、糖分が足りずに低血糖状態になった可能性はあるが、よく考えてみると手が震えていたのは食事中のことだった。ということは低血糖が原因ではないことになる。

甲状腺機能亢進症はバセドウ病とも呼ばれ、体内で甲状腺ホルモンが作られ過ぎてしまう病気で、手が細かく震える、汗が出るなどの症状がある。女性に多いとのことだが、もちろん男性がかかる可能性もある。

この病気の特徴には甲状腺腫、眼球突出、頻脈の三つがあげられていた。手の震えだけでこの病気を疑うのは無理がありそうだが、そうではないという確証もない。とりあえずは重篤な症状をもった病気ではなさそうなので、あまり深刻には考えないでいいかもしれないけれど……。

爽太はそんなことを考えながら、ベッドに寝ころびうつらうつらした。


それからまた数日が過ぎた。

その日、夜勤を終えてホテルを出た爽太は、スマートフォンにメールの通知があることに気がついた。それは学生時代に使っていたフリーメールで、今ではほとんど使っていないものだった。題名を見ると、〈ご無沙汰しています〉となっている。知り合いを騙《かた》った詐欺メールだろうと思って削除しようとしたが、発信元のアドレスにrinoという英文字が含まれているのが気になった。

このメールに送ってくるとしたら学生時代の知り合いだ。そして卒業後に連絡を取らなくなった相手に限られる。

本文を開くと、やはり長谷川梨乃だった。長く連絡をしなかったことを詫《わ》びつつも平山のことで相談したいと書いてある。

この前、二人で会って自分たちのことを話したと平山に聞かされた、それについて確かめたいことがあるそうだ。もちろん爽太に異存はない。メールを返すと、すぐに返事が戻ってきた。一人で外回りをしているところで、渋谷にいるとのことだった。

アポの谷間で一時間ほどの空白時間があるという。爽太はすぐに渋谷に向かった。

　スクランブル交差点の近くのカフェで梨乃は待っていた。

明るいグレイのパンツスーツを着こなした姿は、営業職の女性という雰囲気が板についている。

「ごめんね。わざわざ来てもらって」

「いや、いいよ。ちょうど仕事が終わったところだったから」

「お昼過ぎに仕事が終わるなんてうらやましいな。たしかホテルのフロントの仕事に就いたんだっけ。夜勤明けってことなのかな」

「そうだよ。昨日の夕方から仕事して、ようやく昼過ぎにあがったところ。長谷川さんはスポーツ用品のメーカーだったよね」

「うん。新しい会社だからネームバリューがなくて、販売店やスポーツジムを回ってウチの商品を置いてもらうように頼むのが仕事なの」

　梨乃の時間が限られているためにすぐに本題に入った。

「平山のことだよね」

「そうなの。先週二人で会ったとき、何か気づいたことがあるかもしれないと思って」と梨乃は言いづらそうに話をはじめた。

「本当は彼に直接聞けばいいんだけど、面と向かうと言い出しづらくて、気になりながらもここまできちゃったんだよね」

梨乃は眉をひそめて、アイスティーのストローに口をつけた。

「やっぱり長谷川さんもあいつの異変を感じていたんだね」

「えっ、じゃあ水尾くんも気づいたの？」梨乃は目を瞠《みは》る。

「最初は気がつかなかった。でも途中から変だなあと思ったよ。あいつ、いつからあんな風になったのかな」

「いつからかはよくわからない」梨乃は不安げな表情を浮かべた。

「最初に変だなあと思ったのは、去年の秋頃。それまでは時間を合わせて一緒にジムに行ってたのに、仕事が忙しいって理由で別々に行こうって言い出して、それが続くようになって、もしかして避けられてるのかな、と思うようになったの」

「病院には行ったのかな」

「病院？」梨乃は不思議そうな顔をした。「行ってないよ。特に悪いところはないし」

悪いところはない？　爽太は戸惑った。

「それなら他に様子が変なところはあるかな。急に不機嫌になるとか、はしゃぎだすとか、すごく汗をかくとか、吐き気や動悸を訴えるとか」

ネットで調べた知識を確認してみる。

「急に不機嫌になることはあるよ。なんでそうなったかわからなくて、それで喧嘩になったことも何度もあった。やっぱりそういうことが続くと不安になるよ。相手が何を考えているかわからなくて」

病気でないとしたらやっぱりドラッグなのか。平山は梨乃に内緒でドラッグをやっている。それを気づかれたくなくて、梨乃を避けているということだろうか。

「心配だね。俺にできることがあれば何でもするよ。協力できることはある？」

「この前、二人で会ったときにどんな話をしたのかを教えてよ」

「特別な話はしてないよ。お互いの近況報告がメインだったけど」

「もしかして……私と別れたいって言っていた？」

それを聞いて驚いた。

「そんなことは言ってないよ。どうしてそんな風に思うのさ」

「だって、そういう話をするために会ったんじゃないの？　このタイミングで水尾くんに会いにいくとかおかしいよ。仕事が忙しいと言い訳してなかなか会ってもくれないし、ジムにも行ってないって言ってるのに、そんなことをするなんて」

ようやく話の食い違いに気がついた。

「行ってない？　あいつ、週に二、三回は通っているって言っていたけど。鍛えられた体をしていたし、行ってないことはないんじゃないのかな」

「じゃあ、私に嘘をついて一人で行っているってことになる。そんなのおかしいよ。やっぱり私を避けてるってことじゃない」

いつの間にか梨乃は涙目になっている。

「やっぱりそうなんだ。彼、浮気をしているんだよ。ううん、浮気じゃないかも。私より好きな女性ができて、私とは別れたいと思っているんだ」

梨乃は白いハンカチを取り出すと、目のあたりに当てて俯いた。まったく予想していなかった展開に爽太は戸惑った。浮気とか別れたいという言葉も唐突すぎるし、まさかいきなり泣き出すとは思わなかった。リーダーシップがあって、毅然《きぜん》とした強い女性というイメージに梨乃自身は悩んでいた。そんな平山の言葉を思い出す。

「ごめん。話がわからなくなった。とりあえず最初から話してよ」

爽太が言うと、ハンカチで涙を拭きながら梨乃は話の続きをしてくれた。

梨乃が悩んでいるのは、平山に体の不調があることについてではなく、彼が他の女性を好きになっているのではないか、ということについてだった。平山が爽太に会いに来たのも、円滑に別れるための相談ではないかと疑っているらしかった。

「思い違いだよ。あいつ、そんなことは一言だって言ってない」爽太はすぐ否定した。

「それが信じられないの。仕事が忙しくてジムにも一緒に行けないのに、どうしてこのタイミングで水尾くんに会いに行かなくちゃいけないの。私のことが大事なら、まずは私との時間を作って、その後で水尾くんに会う時間を作るべきだと思うけど」

私の言っていること間違っているかな、私は勝手かな、と梨乃は潤んだ目で爽太を見る。

「間違ってはいないけど、でも平山には平山なりの理由があったんじゃないのかな」

「私もそう思う。だから水尾くんに連絡したの。彼とどういう話をしたのか、それを教えてもらいたいと思ったから」

しかし特別な話をした覚えはない。何かをほのめかすこともなかったし、気になったのは手が震えていたことくらいだ。

「他に好きな女性ができたというけど、はっきりした証拠があるの？」

「それはないけど、急によそよそしくなって、理由はそんなことしか思いつかないよ。クリスマスだって二時間くらいしか一緒にいなかったんだよ。その前の年は二人で旅行に行ったのに。急に仕事が忙しい忙しいって言うようになって、会うのを避けるようになったんだ」

梨乃の考えすぎだと爽太は思った。この前の平山の態度からして、他に好きな女性ができたとは思えない。

「あいつ、長谷川さんの写真を大事そうに持っていたよ。ジムで撮った写真をスマートフォンで見せてくれた」

梨乃の想像を否定するつもりだったが、梨乃は困ったように下を向く。

「もしかしてそれが原因なのかと思うんだ。筋トレしている女の子って、普通の男性にしたら、やっぱり変な存在なのかと思うから」

「そんなことない。格好いいと思ったよ」

びっくりして爽太は言ったが、梨乃は、ううん、と首を横にふる。

「遠くから見ている分にはいいんだよ。でも実際につきあうとなったら重荷かも。彼が筋トレをはじめたのだって、私が強く勧めたせいだしさ。知っているでしょう。彼、本当に出不精で体を動かすことに興味がなくて、だから最初は無理矢理に連れ出したような感じだったんだ。もしかしたら本心ではそれが嫌だったのかも。ここまで我慢してきたけど、ついに耐え切れなくなって、それで私と一緒にいるのが嫌になったのかも」

しょんぼりと肩を落として梨乃は言った。大学時代でもここまで落ち込んだ様子を見たことはない。

「でも平山は筋トレが楽しいって言っていたよ。やればやるだけ目に見える形で結果が出るのが楽しいって言っていた。子供の頃から運動が苦手だったけど、今は体を動かすのが楽しいと思うようになったとも言っていた。長谷川さんを重荷に思っているなんてこと絶対にないよ。別れたいと思っているなんて誤解だよ」

爽太は慰めたが、梨乃のどんよりした表情は変わらない。

「とにかく平山ともう一度会って話をするから。それであいつの本心を聞いてみる」

「ありがとう。……でもやっぱりいいよ」

「いいって、ノーサンキューってこと？」

「うん」梨乃は左の胸に手を当てた。心臓の鼓動を抑えるように、「私の思っていた通りだったら、立ち直れないかもしれないし」

「直接は訊かない。さりげなく話を振って、それとなく訊いてみる」

今回、久しぶりに会わないか、と連絡をしてきたのは平山の方だった。もしかして話したいことがあったのに、言うタイミングを逃して言えなかったのかもしれないという気もした。そして手の震えのこともある。もう一度会って話をしないことには、自分としても収まりがつかない。

「長谷川さんと会ったことは言わないよ。何かわかったら連絡するから、あまり思いつめない方がいいよ」

「ありがとう」梨乃はほっと息を吐き出した。

「本当のこと言うと、昨日、電話で大喧嘩をしちゃったんだ。お互いに忙しくてなかなか会えないのに、やっと会ってもどこかよそよそしくて、そんな中で水尾くんに会ったって話をするから、男友達に会う時間は作れても、私と会う時間は作れないんだねって、つい大声で怒鳴っちゃって――」

そういう言い方はやめてくれよ、と平山が怒って、その後にお互いに言い合いになって、もういいよ、と梨乃が電話を切ったとのことだった。

「それきり彼から電話がなくて……。これまでだったら喧嘩をしても、すぐに連絡があったのに」

梨乃は沈んだ顔で話をしてくれた。

「ねえ。水尾くん、彼、本当に私のことが好きなのかな」

真剣に訊かれて、爽太はすぐに頷いた。

「もちろんだよ。問題があるとしたら、きっと別のことだよ。たとえば――」

手が震えるということはないかな、と訊こうとして、爽太は思いとどまった。平山が本当に重篤な病気を患っている可能性もあると考えたのだ。本人はそれを知っていて、梨乃を心配させたくなくて黙っているということだってあるだろう。

「たとえば体調が悪いとかいうことはないのかな。仕事が忙しすぎて、メンタル的にへばっているとか」

「本人は仕事が忙しいと言っているけど、そこまで追い込まれているわけでもないし、仕事の愚痴を聞いたこともないんだよ。だからおかしいって思ったの。毎日残業ってわけでもないし、週末はきちんと休んでいる」

「じゃあ、どこかが痛いと言ったり、寝込んだりしたこともないわけだね」

「もちろんないよ。もしかして病気じゃないかって疑っている？」

「まあね。他の女性を好きになったという想像よりは、ありそうなことだと思うから」

「病気なんてことはないと思う。それだったら私だって気がつくよ」

そう言われると反論できない。やっぱり病気というのは考えすぎかな。でもそれだったら心配している梨乃につれない態度を取る理由がわからない。

「とにかくもう一度会って話をしてみる」

「……うん。お願い」

大丈夫、きっとうまくいくよ、と落ち込んでいる梨乃を慰めながら、とりあえず毒島さんに相談してみようと爽太は考えた。

4

その夜、毒島さんに相談したいことがあるとＳＮＳで連絡してから、電話をかけた。かいつまんで事情を説明して、「手の震えが、治療が困難な病気の症状となることがあるでしょうか」と訊いてみた。

「ネットで調べた限りでは甲状腺機能亢進症が怪しいんですが、もっと重篤な病気である可能性があるか知りたくて」

「たしかにいろいろな病気の症状として、手の震えがあらわれることはあります。私の知っている知識では、脳梗塞や脳溢血でもそんな症状が出ることもあるようです」

脳梗塞や脳溢血の前兆としては手や足の麻痺《まひ》が一般的だが、大きな発作の前には手の震えが出ることもあるそうだ。

「でもそれはあくまでも稀《まれ》なケースです。本当に病気の可能性があると思うなら、病院に行って、くわしく調べてもらうように言うべきだと思います」

毒島さんはにべもなく言った。

「それはわかっていますが、その前段階で何か確認できることがあればと思ったんです」

平山は自分の体に異常があることを知っている。それでいながら梨乃に気づかれないように誤魔化している。梨乃はその誤魔化しの理由がわからずに、他に好きな女性ができたのではないかと疑っている。

そんな想像をしたことを毒島さんに話してみた。テレビドラマにありそうな話だと思ったが、そう考えると筋が通ると思ったのだ。

しかし毒島さんは別の可能性があることを指摘した。

「その人が、手の震えを一時的なことだと思っている可能性もあるのではないですか。とりあえずそれを彼女に知られたくない。仕事が忙しいと言って会うのを避けているのも、しばらくすれば手の震えが治まると思っているからではないでしょうか」

なるほど。それは思いもしなかった。しかしそうなら重篤な病気ではないことになる。

「一時的に手の震えが出るような病気ってありますか」

低血糖の症例を思い浮かべて爽太は訊いた。

「それは私にもわかりません。病気が心配なら専門医に相談することをお勧めします」

毒島さんは言った。その声に疲れたような気配があることに気がついた。こんな時間に連絡して申し訳なかったかなと思いつつ、病気が心配なら、という言い方が気になった。

ということは病気が原因ではない可能性もあるわけだ。他にはどんな可能性があるだろう。

「たとえば平山が違法ドラッグを使っているってことはありますか」

「はっきりはわかりませんが、お話をお伺いした限りでは、その可能性は低いように思います」

ほっとした。「他にはどんなことが考えられますか。毒島さんの考えでいいので聞かせてもらえませんか」

「そうですね――」と言った切り、毒島さんは黙り込んだ。

五秒、十秒――。毒島さんは黙り込んだままだった。

「あの毒島さん……?」我慢できなくなって爽太は呼びかけた。「もしもし、聞こえてますか」

「すいません。やっぱり私の口からは言えません」

トーンダウンした答えに、あれっ、と思う。

「言えないってどういうことですか」

「それを言うことがお友達のためになるのかわからないからです」

これまでにない返事に爽太は戸惑った。

「原因がわかれば、手の震えを治すことができるじゃないですか。それが平山のためにならないはずがないですよ」

「私の考えたことが正しいなら、お友達は手の震えの原因も、その解決策も知っています。知っていて、それを恋人に黙っているのです。本人が解決策を知っているなら、私がわざわざそれを言う必要はないと思います」

「でも原木さんの家の問題は相談に乗ってくれたじゃないですか」

「あれはご家族からの相談でしたし、介護の問題がからんでいました。放置すると、家族関係がこじれる危険があると考えて、思うところを言ったのです。でも今回は成人した方の問題です。ご本人がすべてを理解しての行動なら、私が余計な口出しをすべきではないでしょう」

突き放すとまでは言わないが、あえて距離を置こうとするような物言いだ。毒島さんから今までにこんな言い方をされたことはない。

「でもあの二人が心配なんです。こんなことで別れたら、すごく残念だという気がします」

「それも含めてのお友達の考えだと思います。一応訊きますが、相手の女性の方は性格的に真面目な方ですよね」

「はい。そうですね」

「嘘や不正、ルール破りは絶対に許せないというタイプではないですか」

くわしくは知らないが、平山から聞いた話から考えて、そういう傾向はあるように思う。

「特にトレーニングに関しては、ストイックな態度を貫いている？」

「そう思います」

「それならなおさら私の口から言えません。お二人のことが心配なら、水尾さんは自分の気持ちをお友達にぶつけた方がいいと思います」

「でも病気のことで不正確なことを言ったら相手に迷惑をかけるじゃないですか。それは避けたいと思っているのですが」

「医療関係者が病気について不正確なことを言ったら問題になりますが、水尾さんは一般の方じゃないですか。正しいとか間違っているとかは気にしないで、お友達として心配しているという気持ちをそのまま伝えればいいと思います」

正論だった。友達の体を心配するのに、正しいとか間違っているとかこだわる必要はない。心配だと伝えればいいだけのことだった。

「わかりました」爽太は言った。「お疲れのところ、こんな時間に連絡してすみませんでした」

「いえ、構いませんが」毒島さんは言った。

「でも声にどこか元気がないですし……本当にすみません」と重ねて詫びる。

「謝らなくてもいいです……でも私の声、そんなに疲れていますか」毒島さんは逆に訊いてきた。

「ええ、まあ、普段よりも元気がないような気がします」

「そうですか……」と答える声も沈むようだった。

「忙しいのですか。それとも何かありました？」

「……いいえ、そういうわけではありませんが」毒島さんはため息をつくように言った。

「ただ、少し思うところがあって」

「なんですか。思うところって」

　爽太の質問に、毒島さんは言いづらそうに返事をくれた。

「自分の知識に頼りすぎて、言わなくていいことを言い過ぎているような気がしています。これからは、あまり余計なことは言わないようにしようと思っているところです」

　爽太は驚いた。

「言わなくていいことを言い過ぎているなんてないですよ。毒島さんの知識のお陰で僕はこれまでにすごく助かっています」

　励ますように言ったが、毒島さんの声色は変わらない。

「そう言っていただけるのはありがたいですが、でも少し控えようと思います。水尾さんには申し訳なく思うのですが」

「……そうですか」

　これはもう連絡しないでくれ、と婉曲《えんきょく》に言われているのだろうかと心配したが、

「でもご家族やご自身のことで困ったことがあれば相談してくださって結構ですよ」

と言われてほっとした。

「念のために訊いておきますが、どうしてお友達が恋人との距離を置いていると水尾さんはお考えですか」

「それは手が震えることを知られたくないためです」

「では、どうしてそれを知られたくないのでしょうか」

「それは彼女を心配させたくないためではないでしょうか。手が震えることを何かの病気と結びつけられることを警戒したのだと思います」

「でも水尾さんも同じことをしましたよね。お友達の手の震えを知って、何かの病気じゃないかと心配した。それでネットでその症例を調べた。それでどんな病気かわかりましたか」

「……いいえ。はっきりした病名はわかりません」

「ということは恋人が調べても同じ結果になるわけですよね。手の震えを知られても、それがはっきりした病気とつながることはない。一時的なものだと誤魔化すことだってできるはずです。それなのにお友達は恋人にそれを隠している。それも他に好きな女性ができたと勘違いをさせるほどにです。それをどう思いますか」

「えーと、それは」爽太は必死に考えた。

「手の震えを彼女に知られると困ることがある――ということですか」

「私もそう思います。では、どうして彼女に手の震えを知られると困るのでしょう」

「それは……わかりません。どんな理由があるのでしょうか」

「そこがこの問題の鍵ですね。無理に答えを見つける必要はないと言ったことと矛盾するかもしれませんが、そこを深く考えればお友達が悩んでいる理由がわかるようにも思います」

毒島さんはそう言ってから、

「以前水尾さんとした話の中に類似する内容がありました。それを思い出せば答えに辿《たど》りつくかもしれません」と付け足した。

5

電話を切ると、あらためて毒島さんとこれまでにしてきた話を思い出した。

最初は自分の接触性皮膚炎だった。次は妹の低用量ピルで、そして叔父さんの使っていたワーサリンの話。その後にホテルの客室で紛失したステロイドの話をして、更に混入されたかもしれない睡眠薬の話があった。その後で刑部さんを交えて血圧の薬の話をして、是沢クリニックのサドレックスの話題と続いた。少し間をあけてこの前のアルセクトの話があった。あるいはその合間にも薬に関するいろいろな話をしたはずだ。記憶を辿ってみたが、今回のことに結びつく話がどれなのかはわからない。

三十分ほど悩んだ後で、爽太はベッドに寝ころんだ。

毒島さんは自分の話を聞いただけで、平山の手の震えの原因が何であるかを見抜いた。それは毒島さん自身に優れた直観力と洞察力があることに加えて、薬剤師としての知識があるためだ。直観力と洞察力はもちろん、薬の知識も自分が毒島さんに及ぶはずはない。しかし毒島さんは、以前水尾さんとした話の中に類似する内容がある、と言った。

つまり自分はその内容を毒島さんから聞いて知っているということだ。知っているのにそれを結びつけて考えられない。それは毒島さんから得た知識を自分のものにしていないせいだろう。

自分が医療関係者でもないのに薬の話に興味をもっていることに感銘を受けたと毒島さんは言ってくれた。わざわざ勤め先のホテルまで来て、ステロイド外用薬がなくて困っているお客さんと話をしてくれたこともある。

しかし自分が薬についての質問を毒島さんにいろいろしたのは、薬について知りたいと思った以上に、毒島さんと親しくなりたいという気持ちがあったせいだった。そんな下心のある自分に対して、毒島さんはいつも真剣に話をしてくれた。それなのにこういう状況になって、自分はその話の内容を思い出せないのだ。

これは毒島さんに対してすごく失礼なことではないだろうか。爽太は自分が恥ずかしくなった。思い出そう。毒島さんのために、そして自分のために思い出さなければいけないことなのだ。

爽太は起き上がると、答えを求めて部屋の中をぐるぐると歩きはじめた。

それから二時間。うんうん唸《うな》りながら、爽太は毒島さんとの話を思い返した。しかしそのものずばりの話題については見当さえつかない。聞き覚えのある薬の名前を片っ端からスマートフォンで検索してみるが、それらしい知識は得られなかった。疲れ果てて、スマートフォンを持ったまま再びベッドに寝ころんだ。何かヒントはないかとダイヤモンドジムのウェブサイトを見ているうちに、ある文言に目が留まった。

あれ、これって……。

そこに記された文章を読んでいくうちにあることを思い出す。

そうだ。たしかにこの話を毒島さんとしたことがある。

そのときの記憶が蘇《よみがえ》る。本題とは関係のない話の中に答えはあった。

その単語を使ってインターネットで検索をした。しかしそれだけでは出てこない。

〈筋トレ〉〈手の震え〉という言葉を組み合わせてみる。

――あった。

答えを見つけた。

しかし同時に疑問が湧いた。どうして平山はそんなことをしたのだろうか。あれだけトレーニングに対して真摯な態度を見せていたのに。爽太はベッドの上に胡坐《あぐら》をかくとその理由について思いを巡らせた。

6

平山とはその二日後に会った。

仕事が忙しくて時間を取れないと渋るのを、三十分でも十五分でもいいからと半ば強引に約束を取りつけた。場所は平山の勤め先がある横浜。時間は午後九時。仕事を終えた平山は疲れの滲《にじ》んだ顔で待ち合わせ場所のハンバーガーショップに現れた。

「なんだよ。この前会ったばかりなのに。そんなに俺に会いたかったのかよ」

ブラックコーヒーのカップを手に、笑いながら爽太の前に腰を下ろす。

「仕事は終わったのか」

「いや、途中で抜けてきた」

「時間がないんだな。じゃあ、単刀直入に言うぞ。お前、彼女と——長谷川梨乃とこの先、どうするつもりなんだ」爽太は言った。

「なんだよ。いきなり。結婚するかと言いたいのか。時期尚早だよ。そりゃあ、できればしたいとは思っているけどさ」

「本気でそう思っているのか」と爽太は身を乗り出した。

「ああ、もちろん本気だよ」

　そう答える平山の目には戸惑いと同時に怯《ひる》んだような色がある。嘘ではないが、後ろめたいことがあるということか。

「そうか、よかった。それを聞いてとりあえず安心した」

「なんだよ。変な奴だな。そんなことを言いに来たのかよ」

「いや。したい話は別にある。本題はお前の手のことだ」

「手のこと？」

　平山は顔をしかめて口元を歪《ゆが》めた。自分の手を見ることもなく、爽太の顔をじっと見る。

「俺の手がなんだっていうんだよ」

「前に会ったときもそうだったけれど、いまでも少し震えている。それって自分で気づいていることだよな。病院には行っているのか」

「行ってないよ」平山はかすれた声で言う。

「どうして行かないんだ」

「俺の手は震えてなんかないからだ。だから病院に行かない。それ以上の説明は必要ないだろう」

「そうか。じゃあ、瞼《まぶた》の痙攣はどうなんだ。そんなにぶるぶる震えていて、自分でおかしいと思わないのか」

平山はぎょっとした様子で手を瞼に持っていく。「異常はないぞ。痙攣なんかしていない」

「そうだな。痙攣はしていない」

「なんだ。嘘をついたのか」平山は、しまったという顔をする。

「自分で気づいていないことを他人に指摘されたら、まずは確かめようとするものだよな。でも俺が手の震えを指摘したとき、お前は俺を見たままだった。それは自分で手の震えを認識しているからだ。知っていて、そんな症状がないように振る舞っている。だから指摘されても、自分の手を見ようともしなかった」

どうだ、俺の考えは間違っているかな、と爽太は言葉を続けた。

平山は口を尖《とが》らせて、不貞腐《ふてくさ》れたような顔をした。

しばらく黙っていたが、「……間違ってないよ。その通りだ」と気持ちを抑えるように息を吐き出した。

「認めてくれてありがとう。それで原因だけど、自分でわかっているのか」

「……さあな。たぶん精神的なものだろう。このところ忙しいからストレスが体にあらわれたのかも」

「もう一度訊くけど医者には行ったのか」

「行ってない。面倒なんだ。時間もないし。他にするべきことがたくさんある」

「医者に行かないのは、原因がわかっているからじゃないのかな。原因はお前の飲んでいる薬にある。それがわかっているから医者には行かない。そしてそれを長谷川さんに知られたくないと思っている」

「なんだよ。なんでもわかっているような口ぶりだな」平山は目を細くして爽太を見た。

「お前のことが心配だった。だからいろいろ調べたんだ」

爽太はスマートフォンにある画像を表示して、平山に突きつけた。

「ダイヤモンドジムのウェブサイトにあった。もちろんお前も知っているよな」

〈ドーピング・ノー　私たちはすべてのドーピングに反対します〉

そんな文言ではじまる注意書きのページだった。

「ああ、知っている。でもそれがどうしたんだよ」平山は口を尖らせたまま、横を向く。

爽太はそのページを見ながら内容を要約して口にした。

「男性ホルモン由来のアナボリックステロイドには筋肉を肥大化させる効果がある。濫用によって命を落とすアスリートが相次いだことで、欧米では大きな社会問題になっている。日本でも情報がＳＮＳなどで広まったせいで、使用者が増えたって話だな。近年ではアマチュアのアスリートの間にも使用が広まっている。当ジムでは大会での上位入賞を目指すための使用はもちろん、それ以外の個人的な目的の使用もすべて禁止する。――ここにはそう書いてある」

平山は横を見たまま、爽太と視線を合わせようとしなかった。

「スプラテロールという薬がある。一般名は、クレンブテロール塩酸塩。気管支を広げる薬で、喘息や気管支炎の治療に使われる。体脂肪を落として筋肉を肥大化させる効果があるそうで、筋肉をつけたままで脂肪を落としたいボディビルダー等に人気があるそうだ」

〈筋トレ〉と〈手の震え〉という言葉で検索して見つけた知識を、毒島さんを真似て暗唱《そら》で一気に口にした。

「お前、それを使っているんじゃないのか」

「……否定はしない。でも一応言っておくと、スプラテロールはアナボリックステロイドじゃないけどな」

「知っている。でも医薬品である以上、本来は医師や薬剤師の指導もないまま使うことは危険を招くこともある。その証拠にお前はそうして手の震えに悩んでいる」

「たいしたことない。それにこの程度の副作用は想定内さ」

平山は鼻で笑うように言ってから、右手でそっと左手を撫《な》でた。

「違うな。それは副作用じゃない」

「えっ？」

「スプラテロールはβ《ベータ》2受容体に働きかける薬だ。だから服用すると気管支のβ2受容体が反応して気管支が拡張される。だけどβ2受容体は気管支以外、心臓にも筋肉にも肝臓にもある。だから服用すればすべての受容体が反応する。筋肉は細かく震えて、心臓は脈が速くなる。それは副作用じゃなく主作用なんだ。もちろん個人差があるから服用した人すべてに同じ反応が出るわけじゃない。服用後しばらくして収まる人もいれば、なかなか収まらない人もいる」

　薬に関するウェブサイトを表示させたスマートフォンを見ながら爽太は言った。

「SNSを見ればそれについての書き込みがたくさんある。残念ながらお前は後者だったようだな。いつかは収まると思って隠してきたけれど、いまだに収まる気配はない。だから長谷川と距離を置いている。どうだ。俺の考えは間違っているかな」

　爽太の言葉に平山は引き攣った笑みを浮かべた。

「お前にそこまで見破られると思わなかった。どうしてわかったんだ。ある程度筋トレをしている人間なら知っていることだが、お前はやったことがないんだろう」

「知り合いに薬剤師がいるんだよ。お前の話をしたら、そういう可能性があることを示唆された」

「へえ、すごいんだな」平山は驚いた顔をした。

「薬剤師って、薬のことがそこまでわかるんだ」

そうだよ、薬剤師はすごいんだ。そう言いたくなる気持ちを抑えて、「それで使っているのはスプラテロールだけか」と訊いた。

「そうだと言いたいところだけど……でもわかっているんだよな」

「ああ。薬には相性があるそうだな。アナゴリンって薬がある。日本で薬局販売はないが海外からの通販で買える。スプラテロールと相性がよく、同時に飲むと効率的に筋肉を維持して、脂肪を落とすことができる。そのアナゴリンがアナボリックステロイドだ。ドーピング対象薬物に指定されていて、副作用として胃の調子を悪くしたり、服用中にアルコールを飲むと肝障害を起こす危険がある」

飲んでいるのはその二つか、と爽太は訊いた。

「ああ、そうだ」

「長谷川さんはそれを知らないんだよな」

「知らない。ばれたらふられるかもしれない。彼女、真面目でストイックだからな。俺がそんな薬を飲んでいるって知ったら、きっと烈火のごとく怒って、別れるって言い出すよ」

「じゃあ、長谷川さんに隠しているのは、ふられるのが怖いからか」

平山は黙って頷いた。

「そんな薬はやめればいいじゃないか。そうすれば問題は解決だ」

　爽太の言葉に平山はかぶりをふった。

「そうしたいのは山々だけど、やめられない理由があるんだよ」

「なんだよ、理由って」

「……」

　平山はその質問に答えなかった。そこで爽太は質問を変えた。

「どうしてそんな薬を飲むようになったんだ。真面目に筋トレをして、そこまでの体を作ったと思っていたのに」

「最初はしてたさ。真面目にトレーニングのメニューをこなしてた。食事制限も苦じゃなかったし、筋肉が増えていくことが新鮮で、こんな自分でもやればできるということが嬉しかった。言うだろう、筋肉は嘘をつかないって。トレーニングをやればやるだけ筋肉は増えるんだ。筋トレの努力は必ず報われる。でもさ、嘘をつかないってことは、その逆もまたしかりってことなんだ。サボれば確実に筋肉は減っていく。一度減った筋肉をまた増やそうとすれば、前以上に頑張る必要がある。でも仕事があるし、他にやりたいこともある。筋トレだけに打ち込むことはできない。その穴埋めをするには薬を使うしかなかったのさ」

「そこまでして筋トレをしなくてもいいじゃないか。大会に出るわけじゃないんだろう。少しサボったくらいで、筋肉が完全になくなるわけじゃない」

「そういう問題じゃないいんだよ。俺は好きというだけで筋トレに入れ込んでいるわけじゃない」

「じゃあ、なんで」

「決まっているだろう。彼女のためさ。彼女の横にいても見劣りのしない男になりたいんだ」

「見劣りなんかしてない。お似合いの二人だと思うけどな」

「それはお前がジムに行ったことがないからだ。ジムでは俺なんかただのヒヨっ子だ。化け物みたいに大胸筋や僧帽筋を膨らましたガチムキのマッチョがごろごろといる。そしてそんな連中に彼女は人気がある」

仕事柄、長谷川さんは通っているジムのトレーナーや常連たちと顔見知りだそうだ。サンプルを配ったり、アンケートを取ったりすることがあるそうで、常連の間ではアイドル扱いされているらしい。そんなアイドルの彼氏ということで、一緒にジムに行けば、まわりの注目を一身に集めることになるそうだ。

「この程度の体の男が彼女とつきあっているのかって、そんな嫉妬と蔑《さげす》みの混じった視線がばしばし飛んでくる。ストレッチをしている俺の前に来て、みせびらかすようにポージングの練習をする奴までいるんだぜ。ああいう輩の鍛えられた筋肉の下には、ネチネチした嫉妬深い本性が詰まっているんだ。彼女と一緒にジムに行けば、どうしてお前みたいな貧弱マッチョが彼氏なんだって敵意に満ちた視線があちこちから飛んでくる。スポーツマンはタフで爽やかではきはきしているなんていうのは本性を知らない奴らの思い込みだ」

平山はそこまで一気に言うと、体の力を抜いて、だらりと背もたれに体を預けた。

「いや、調子に乗って言い過ぎた。訂正する。誰も彼もがそんな嫌らしい性格じゃない。ほとんどは真面目で気のいい人たちだ。でもロッカールームで聞こえよがしに俺のことを馬鹿にするような連中がいることは確かだよ。そんな奴らと張り合うのに疲れちまったんだ。それが薬を使うようになったきっかけだ」

「ジムに行く回数を減らしたいから、薬を使ってズルをしているということか」

「まあそういうことだ」

「長谷川さんは知っているのか。そういう連中がいることを」

「知るわけないよ。言ってないからな」

「言ってみたらどうなんだ」

「そんなことを言ってもどうにもならないさ。そういう連中に限って彼女の前でいい顔をするからな。それに彼女の仕事がらみのこともある。余計なことを言って彼女を困らせたくない」平山は鼻の付け根を指で押さえた。

「こういうことで悩んでいると、俺みたいな男が、長谷川さんみたいな美人で社交的で、鍛えられた体を持った高スペックの女性と交際していることが悪いのかもしれないって気持ちになるんだよ」

別れた方がいいのかな、なあ、お前はどう思う、と平山は自嘲《じちょう》するように口にした。

「別れたければ別れればいいさ。でも自分だけが悩んでいると思うのは間違いだぞ」

爽太の脳裏に長谷川梨乃の泣き顔がちらついた。あのときは言わないと約束をしたけど、話を聞いて事情が変わった。お互いが自分だけが悩んでいると思うのは間違いだ。

梨乃から連絡があって相談を受けたことを、爽太は平山に打ち明けた。

「彼女だって悩んでいる。だから俺に相談のメールを送ってきたんだ」

「そういうことがあったのか。それでお前が心配してくれたってことか」

話を聞いて平山はため息をついた。

「それも含めて俺のせいってことかな。やっぱり別れた方がいいかもしれないな」

「簡単に言うんだな。もしかして彼女が好きじゃないってことなのか」

「好きだよ。でも俺は彼女にはふさわしくない。だから身を引いた方がいいんじゃないかって話だよ」

「お前、さっきスポーツマンはタフで爽やかではきはきしているなんていうのは本性を知らない奴らの思い込みだって言ったよな。でも今の話を聞いた限り、お前も同じ思い込みをしているじゃないか。彼女を美人で社交的な高スペックの女性だと決めつけている」

「間違いじゃないだろう。彼女はそんな女性だよ」

「ある面から見ればそうだろう。でもそれが彼女のすべてじゃない。本当にそれだけの女性だったら、最初からお前とつきあわなかったはずだ。だいたいお前が言ったんじゃないか。長谷川さんは優等生を演じることに疲れていたって」

子供の頃からはきはきした性格でリーダーシップもあるために、ことあるごとに人の上に立って、まとめることを大人たちから強いられてきた。もっと好き勝手に自分のしたいことをやりたかったのにできなかった。そんな後悔が心の中にあり、そんな心情をアニメのキャラに重ねることで、心に積もった鬱屈を晴らしていた。

そう平山は言ったのだ。

「お前たちが仲良くなったきっかけはそれだろう。今では二人でアニメの話をしないのか」

平山はしばらく考え込んだ。

「言われてみればそんな話はもうしないかな」

「それはお互いに気を許せる相手ができて、過去のコンプレックスにこだわらなくなったからじゃないのか。だからそんな話をする必要がなくなったんだ」

「彼女の方はそうかもしれない。でも俺はダメみたいだ。過去のコンプレックスから逃れても、また新しいコンプレックスに囚《とら》われる。たぶんもともとのスペックが低いせいだろう」

「スペックなんて言葉でごまかすな。お前と長谷川さんはつきあっている。それは歴然たる事実なんだから、そこで起きる問題は二人で話し合って乗り越えればいいんだよ」

爽太はさらに力を込めて言葉を続けた。

「他人の目なんか気にするな。それこそ長谷川さんに失礼だ。彼女のスペックがどうだとかを気にすることなく、お前は堂々と長谷川さんの横にいればいいんだよ」

「なんか、お前、今日はいやに力が入ってないか。そんなに俺と彼女を仲直りさせたいのか。昔を思い返しても、ここまで強く何かを言われたことはなかったと思うけど」

「普通だよ。俺はいつもと変わらない」

爽太は急いで返事をした。自分よりスペックの高い女性に気後れするという気持ちはよくわかる。それは毒島さんと話をしていていつも感じる気持ちだった。もしかしたらいまの言葉は、自分自身に言い聞かせるための言葉だったのかもしれない。

そんなことを思って、爽太は気恥ずかしさを感じた。

「いろいろとすまん……いや、違う。ありがとう、だな」

平山はようやく背筋を伸ばして爽太を見た。

「実は池袋で会ったのも、薬のことや長谷川さんとのことを相談したかったからなんだ。でもいざとなると言えなくて……」と平山は大きく息を吐いた。

「少しばかり筋肉をつけて、男らしくなった気がしたけど、でも中身は昔のままなんだよな。こんなコンプレックスだらけの何の取り柄もない男を好きになってくれて、本当に長谷川さんには感謝しかないよ」

平山は息を吐いてしんみりと言う。

その言葉を聞いて、爽太はあらためて、あることが気になった。

「ところで彼女のことを長谷川さんって呼んでいるのか」

「ああ、そうだけど」

「それで彼女はお前をなんて呼ぶんだよ」

「平山くんだよ。それ以外にないだろう」

そういうところが傍から見て、つけいる隙に見えるんじゃないのかな、お互いに名前で呼んだ方がいいんじゃないか、と言いかけて、爽太は言葉を飲み込んだ。

それは二人の問題だ。自分が口を出すことじゃない。

「こんな話をしていたら、なんだか長谷川さんの声が聞きたくなった」ふいに平山が顔をあげた。

「——決めた。電話をする。それで黙っていたことを全部話す。それでダメになったら——彼女が別れたいと言ったらそれはそれで仕方ない」

このまま誤魔化して交際を続けるよりはその方がいい、と平山は言った。

「大丈夫だ。そんなことにはならないよ」

励ますような爽太の言葉に平山は恥ずかしそうに頷いた。

「今日はありがとう。またあらためてお礼をするよ」言いながら立ち上がる。

「お礼はいいけど、できれば三人で会いたいな。お前と長谷川さんのチートデイに合わせて、今度三人で飲みに行かないか」

「わかった」と言ってから、思い直したように平山はあらためて爽太の顔を見た。

「でも三人より四人の方がよくないか。お前にはそういう相手がいないのかよ」

「それは……」爽太は口ごもる。「残念ながら、いないんだ」

「これだけ他人の世話を焼くんだから、なんだかいそうな気がするけどな」

平山は探るように爽太を見てから、「まあ、いいか。じゃあ、また。今度は三人で」

と言ってスマートフォンを取り上げた。

「ああ、またな」

待ちきれないようにスマートフォンを耳に当てて平山は店を出て行った。

その後ろ姿を見送ってから、たしかに人のことより自分のことをなんとかしなくちゃな、と爽太は声に出さずに呟いて、花織ちゃんと呼べるような日が来るのかな、とぼんやりと考えた。

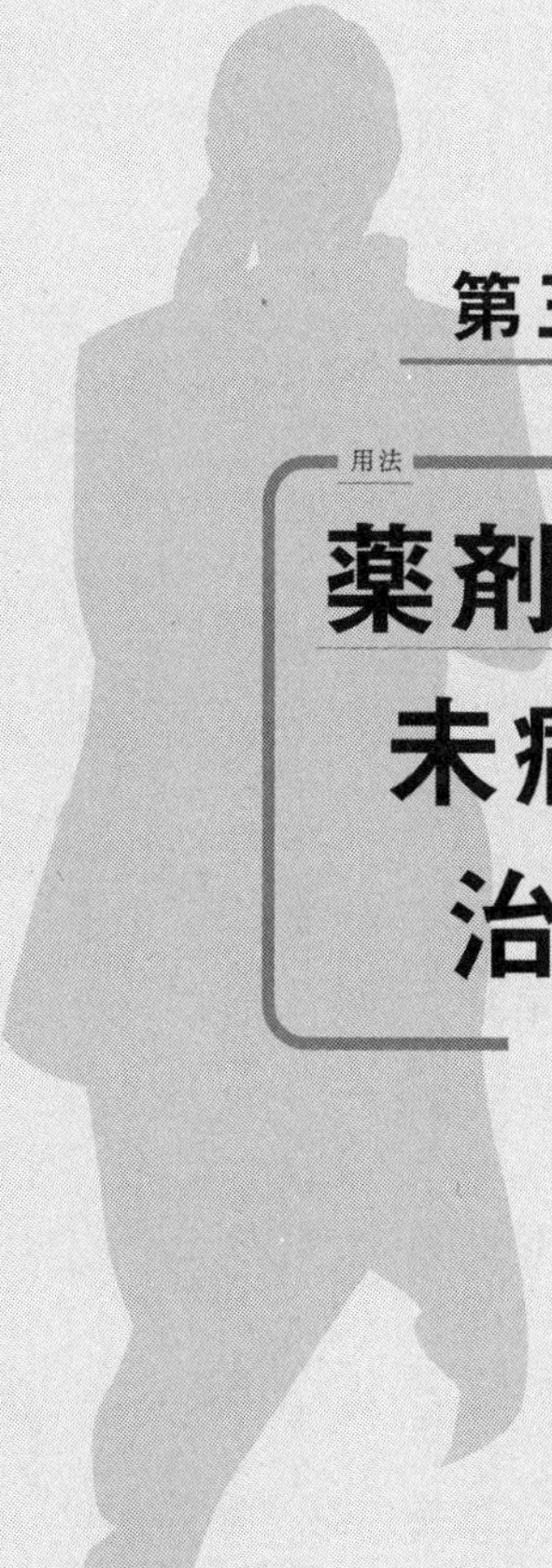

第三話

用法

薬剤師は未病を治す

年　月　日

1

是沢クリニックの問題が取り上げられたニュース番組は、水曜日の夜十一時から放送されるそうだった。次の日に狸囃子に集まりましょう、馬場さんにも声をかけてください、と方波見さんに誘われて、爽太は、わかりました、と返事をした。

放送当日は夜勤だったので、翌日、家に帰ってから録画してあった番組を見た。サドレックスの偽薬を処方した問題に加えて、健保組合負担費の不正利用、看護師や事務の女性に対する残業代未払いやパワハラ、セクハラの疑惑も取り上げられていた。クリニックの入ったビルから出てきた是沢院長に、記者が直接マイクを向ける映像もあった。実名は伏せられ、顔や建物はモザイク処理をされていたが、近所の人が見ればあそこの先生だとわかる内容だ。記者の直撃を受けた院長は慌てた素振りで逃げ出して、一切の質問に答えようとしなかった。番組スタッフが送った質問状にも返事がないそうで、関係各所に情報提供をしたうえで、さらに取材を継続するとナレーションが入って番組は終わった。

時間は短いが、まとまった構成になっていた。後で颯子にも見せてやろうと思い、爽太は満足して夕方まで仮眠を取った。

その夜、狸囃子に集まった五人で祝杯をあげた。どうめき薬局の患者さんの中にもニュース番組を見て、あそこだと気づいた人がいたそうで、知らなかったわ、あそこの先生そんなことをしていたのね、でも言われてみたら若い女性がよく来ていたわよね、みんなその薬が目的だったのかしら、と話しかけられたということだ。悪い印象を持っていながら黙っていただけの人も多かったようだ。

後に話の流れで近隣の病院やクリニックの評判や噂《うわさ》になった。知識が昭和からアップデートされていない老齢の内科医や、患者に言われるままに薬を気前よく出す精神科医など、癖のある医師の名前が次々に俎上《そじょう》にあげられていく。そこで出た希望の星クリニックという名前に憶《おぼ》えがあった。マイケル藤森に薬を処方したクリニックがそこだった。

「そこにはどんな問題があるんですか」好奇心を刺激されて爽太は訊いてみた。

「あそこの先生、患者さんに言われるままにどんどん薬を出しちゃうんですよ。睡眠薬でも向精神薬でもお構いなしで、患者さんがどんな持病をもっていて、他にどんな薬を飲んでいるかをまるで気にしないことが問題なんです」生レモンサワーを飲んでいた刑部さんが説明してくれた。

「患者さんの中には高血圧や糖尿病の薬を常用している人もいるわけなのよ。でもあの先生はそんなことお構いなしでメンタルヘルス系の薬をどんどん出しちゃうの。だから他にどんな薬を飲んでいるかを患者さんから個別に聞きとって、相互作用や禁忌のチェックをするのが薬剤師としては一苦労なの」と方波見さんが話を続けた。「メンタルヘルス系の患者さんって、お医者さんのことは信頼しているけど、私たちの言うことは疑ってかかる人が多いのよね。だから疑義照会をしようとしても、あの先生に限って間違えるはずがない、どうして先生にケチをつけるのか、先生に申し訳ないからやめてくれ、と逆に食ってかかられることもあるわけなの」

クリニックがJRの駅の向こうにあるせいで、処方箋が来ることはあまりないそうだ。だからこそたまにそこの処方箋がくると構えてしまうんです、と刑部さんは肩をすくめた。

「実はうちのホテルの宿泊客で、代金を払わずに逃げた外国人がいるんです」と爽太は言った。「その部屋のゴミ箱に医薬品情報提供書が捨てられていて、医療機関が希望の星クリニックになっていたんです。その処方内容が睡眠薬三十日分だったのが気になって——」

「その薬の名前は憶えている?」方波見さんが言った。

「マイレースだったと思います」

「あの先生、アメリカで勉強したのにベンゾジアゼピン系の薬が好きなのよね」と方波見さんは頷いた。

「その先生ってアメリカ人なんですか」爽太は訊いた。

「ううん。日本人」と方波見さん。「でも大学卒業後にすぐアメリカに行って、最新の精神医療の勉強をしたそうなの。アメリカ製のうつ病の治療機器を日本で唯一導入しているっていうのが売りなのよ。英語やスペイン語にも堪能で、外国人の患者さんも多いみたいだけれど、日本で流通している薬の内容や健康保険の仕組みをよく知らないのが厄介なのよ。処方箋がくるたびに内容を細かくチェックして疑義照会しなければいけないから」

「悪い先生じゃないんですけどね。疑義照会しても怒ったり、不機嫌になったりしないで、処方箋の変更には迅速に応じてくれますし。問題は、同じ間違いを何度も繰り返して、そのたびにこちらから疑義照会しなければいけないってことなんです」と刑部さんがため息をつく。

「同じ間違いを繰り返すって、なにかあったら健康被害につながるじゃないですか」

　爽太が驚いて言うと、方波見さんはやれやれというように肩をすくめた。

「先生からしたら薬は自分の領分《マイ・ビジネス》じゃないようね。薬の知識を蓄える暇があったら精神医療の知識を蓄えたい、だから薬については薬剤師が対応すればいい、それが医薬分業だと割り切っているようなのよ。疑義照会をすると怒ったり、不機嫌な態度をとるお医者さんよりはずっといいんだけれど、そこまで突き放されちゃうと、なんだかなあって気にもなるわ」

「そうですよね。疑義照会をしてもやっぱり不安になりますよね」

方波見さんと刑部さんは言い合ったが、毒島さんはひとり無言のままだった。

そういえば是沢院長の話題のときも黙って日本酒を飲んでいた。前に平山についての相談をしたときも元気がなかったけれど、あのときの気持ちを引きずったままなのだろうか。もしかして仕事か、あるいはプライベートで何かあったのかな。気になったがみんなの手前、訊くわけにもいかない。気にしながらビールを飲んでいると、やがて話題は、薬剤師の指示を無視して、勝手に薬を多量に服用した結果、低血糖症で救急搬送された患者さんの話になった。

「その人がまたひどいんですよ。ネットの書き込みを信じ込んで、勝手に自分で薬の量を変えたくせに、薬剤師はそんなことを指示しなかったって、どうしてそんな大事なことをきちんと伝えないのかってクレームの電話をしてくるんですから」と刑部さんが愚痴を言う。

「糖尿病の患者さんって、自分の病気をたいしたことないって考えている人が多いのよ。食事内容を改善して、きちんと薬を服用すれば普通の生活を送ることができるのに、はっきりした症状がないから治療そのものをしなかったり、よくなったと勝手に思い込んで薬の服用をやめてしまう人が結構いるの。それで病気が進行して、合併症を起こしてから、大変だって慌てるケースが多いのね」

ある意味、タイムリーな話題だった。爽太はすぐに馬場さんの顔を見た。馬場さんは聞こえているのかいないのか、知らん顔で吟醸酒を飲んでいる。

「合併症になると大変だって話は聞いたことがありますけど、具体的にはどう大変なんですか」

馬場さんに聞かせるつもりで、爽太はわざと訊いてみた。

「網膜剝離と神経障害、腎症が三大合併症と呼ばれているわね」

方波見さんが薬剤師の口調になって説明してくれた。

血液中のブドウ糖――血糖が増えると、血液は砂糖水のようにドロドロになって、血管内で流れにくくなったり、詰まったりする。最初に影響が出るのは細い血管で、そこから酸素や栄養を補給されている神経や組織に障害が出る。

目の網膜に症状が出ると視力低下や失明の危険がある。手足に出ると、しびれたり、感覚が鈍くなって、重症化すると壊疽《えそ》を起こすことがある。腎臓のフィルター機能が破壊されると腎症を引き起こして、進行すると腎不全になって人工透析が必要となる。

さらに症状が進んで太い血管にまで影響が出ると、脳梗塞、心筋梗塞などの命にかかわる病気を引き起こすこともあるそうだ。

「真剣な顔で聞いているけど、もしかして心当たりがあるの？」と方波見さんが訊いてくる。

「僕じゃなくて馬場さんです。健康診断の結果が要再検査だったんです」

「あら、大変。病院には行きました？」と方波見さんが訊く。

「いや、行ってない」馬場さんは肩をすくめて返事をする。

「ダメですよ。見たところお酒が好きみたいだし、再検査には必ず行ってください」

「要再検査だったのは前回の話だよ。節制したから今回は問題のない数値になっている」馬場さんはつまみのししゃもに手を伸ばす。

「糖尿病は病院に早く行けば行くほど病気の進行を食い止められますよ」と刑部さんも馬場さんを見る。

「なんだよ。疑い深いな。じゃあ、証拠を見せてやる」

馬場さんはジャケットのポケットからくしゃくしゃになった四つ折りの紙を取り出した。

「検査の結果だ。血糖値は正常範囲にある」

「あれ、でも、それは――」

新年会のとき検査の前に酒を控えれば数値は正常範囲に収まると笠井さんに言っていた。馬場さんが顔をあげて、余計なことを言うな、と爽太を目で制す。

「たしかに血糖値は正常ですね」

四つ折りの紙を開いて方波見さんが言う。

「そうだろう。俺だってやるときはやるんだよ」馬場さんは胸を張る。

「と言いたいところですが、甘いです。実際、この数字はまずいです」

検査結果をテーブルに置いて、方波見さんは別の数値を指さした。

「まずいって何が」

怪訝な顔の馬場さんとともに爽太も数値を覗き込む。そこにはＨｂＡ１ｃという項目があった。

「ヘモグロビンは赤血球内のタンパク質の一種ですが、血液中のブドウ糖とくっつくと糖化ヘモグロビンになります。糖化ヘモグロビンになると元のヘモグロビンに戻ることはありません。ヘモグロビンの寿命はおよそ百二十日。このＨｂＡ１ｃの項目は、糖化ヘモグロビンが血液中にどのくらいの割合で存在しているかをパーセントで表しています。血糖値が高い状態が続いていればＨｂＡ１ｃは高くなり、血糖値の低い状態が続いていればＨｂＡ１ｃは低くなります」

薬剤師の口調のままで方波見さんは馬場さんに説明をする。

「何が言いたいかというと、ＨｂＡ１ｃは直近の食事や運動の影響を受けない、過去一、二か月の血糖値を反映した数値ということです」

６・０％から６・４％であれば『糖尿病の可能性が否定できない』、６・５％以上であれば『糖尿病が強く疑われる』とされているんです、と刑部さんが教えてくれた。

「そのＨｂＡ１ｃが馬場さんは６・８％です」

糖尿病の初期はほとんど自覚がないそうだ。しかし次第にトイレの回数が増える、水を多く飲むようになる、体重が減少する、疲労を感じやすくなる、などの症状が出るという。

「さらに症状が進むと、さきほどの三大合併症が発症するわけです。だけど初期であれば生活習慣を変えて、薬を飲むことで病気の進行を止めることが可能です。そのためにとにかく早めの検査が必要ということです」

「たしかに最近トイレに行く回数が増えたし、水もよく飲みますよね。それって病気の初期症状じゃないですか」

爽太は心配して言ったが、そんなことはないだろう、と馬場さんはとぼけている。

「自分のことですよ。ちゃんと再検査に行ってください。糖尿病って本当に怖い病気なんですよ。でも発見さえすれば治療の方法はいくらでもあるんです。さらにいえば糖尿病に限らず癌でも、他の病気でも同じです。私の知り合いにも会社の健康診断を軽視したせいで、胃癌の早期発見ができないで胃の三分の二を切除した人がいます。自覚症状はあったそうで、もっと早く病院に行っていれば、と今でも本人は私に言いますよ」

方波見さんは熱心に言ったが、馬場さんは、わかった、わかった、時間ができたら行くことにするよ、とまるで真剣味のない答えを返している。

「時間ができたらって、夜勤明けなら午後に病院に行けますよね」

馬場さんの態度に呆《あき》れて、爽太も横から援護する。

「夜勤明けは忙しいんだ。錦糸町《きんしちょう》や江戸川《えどがわ》、川口《かわぐち》に行く予定が目白押しに入っている」

意味がわからないで首をひねる方波見さんと刑部さんに、錦糸町は競馬の場外馬券売り場、江戸川はボートレース場、川口はオートレース場があると爽太は説明した。

「自分の体よりもギャンブルの方が大事なんですか」刑部さんが呆れた顔をする。

「ふらふらと遊んでいられるのも自身の健康があってのものですよ。検査はすぐに済みます。一日くらい予定を変えて、病院に行ってみたらどうですか」方波見さんもさらに強い口調になる。

「うーん、まあ、考えとくよ」

馬場さんはのらりくらりとした態度を崩さない。

「心配してくれてありがたいとは思うけど、バツ二の独り者だし、失って困るものもないわけだから、まあ、適当にやっていくよ」と笑いながら、店員に吟醸酒のお代わりを注文する。

「これだけ言っても行く気になれないわけですか」

いつもは冷静な方波見さんもさすがに呆れたという顔になる。

「どうすれば病院に行く気になるか、参考のために聞かせてもらえませんか」

「どうすればって言われてもな」と馬場さんは天井を見上げて、「とにかく嫌なものは嫌なんだ。どうしても行けというなら、そうだな、何かの勝負をして、それで負けたら行ってもいいけどな」

「勝負って、それならじゃんけんでもしましょうか」と方波見さん。

「さすがにじゃんけんはないだろう。そうだな、やっぱり麻雀かな。麻雀で負けたら再検査に行ってもいい」

「麻雀なんてできません」と方波見さんは首をふる。

「同じく私も知りません」と刑部さん。

「それじゃ仕方ない」馬場さんは満足そうに首をふる。「再検査に行くのは別の機会にしておくか」

二人の返事を見越しての発言だったようで、方波見さんと刑部さんは顔を見合わせお手上げのポーズをした。それで話は終わりかと思いきや、「私、できます」と声がした。

毒島さんだ。ずっと黙りこんでいたが、しっかり話は聞いていたようだ。

「やりましょう。麻雀」と身を乗り出した。

「毒島さん、できるんですか」刑部さんが意外だという顔をする。

「実家でよくやってました。両親と兄と四人で家族麻雀を」

「意外です」と刑部さん。「まるでイメージがありません」

「やりましょう。私勝ちます。勝って馬場さんを病院に行かせます」と力強く宣言する。

その口調に、あれ、と思った。普段とどこか様子が違う、会話に加わることもなく、一人で黙々と飲んでいたようだけれど、もしかして酔っているということか。

「でも二人じゃできない。水尾くんはどうなんだ」

「一応、できます」

学生の頃、何度か卓を囲んだことがある。

「それで三人か。もう一人足りないな」馬場さんは呟いてから、そうだ、と嬉しそうな顔をした。

「この前飲んでいたときに彼女が助けた男が雀荘でアルバイトをしていると言ってたな」

馬場さんは財布を探ってこの前もらった名刺を抜き出した。

「これだ。ＭＡＪ。場所は早稲田か。タクシーなら五分で行けるかな」

「わざわざタクシーを使って雀荘に行くんですか」と刑部さんが驚いた顔をする。

「歩くのは寒いし、面倒だからな」と言いながら、「本当にやるなら雀荘に電話をするぞ」と念を押すように毒島さんに声をかけた。

「やりましょう。馬場さんを病院に行かせるために勝負です」

拳を握って、馬場さんに向かって突き出した。やはり酔っているようだ。普段よりもテンションが高くなっている。「あっ、でも煙草はダメです。煙草の吸えないお店にしてください」

「煙草の吸えない雀荘なんてないでしょう」

学生時代に行った雀荘を思い出して爽太は言った。煙草の煙が充満する広い部屋で、目を充血させた男たちが角突き合わせて卓に牌《パイ》を叩きつけているような店だった。

「いや、ここには禁煙ルームがあると書いてある」馬場さんが名刺を見ながら言った。

電話をするとちょうど店に影山がいて、禁煙ルームは空いているし、自分が四人目として入ってもいい、という返事をもらったとのことだった。

「先に行ってタクシーを拾ってくる」と馬場さんはいそいそと先に店を出て行った。

もう少し飲んでいく、という方波見さんと刑部さんとはそこで別れることになった。

席を立つ間際、「彼女、ちょっといつもと様子が違うから気をつけて」と方波見さんが毒島さんを見ながら爽太の耳元で呟いた。その口調にピンときた。

「もしかして仕事中に何かあったんですか」

思い出せば是沢院長のクレームの話を聞かされたのもこの店で飲んでいるときだっ

た。

「ちょっとだけね。今回は重大な問題じゃないからそこまで心配しなくてもいいけれど、少しだけ気にかけてあげるようにして」と方波見さんは思わせぶりに言う。

「わかりました」と爽太は頷いた。

店を出て馬場さんがとめたタクシーに乗り込んだ。後部座席に三人並んで腰かける。

「ところでお金は賭けるんですか」ふと思いついて爽太は訊いた。

「ダメです。賭博罪で捕まります」毒島さんが即答した。

「馬場さんを病院に行かせるための勝負です。お金を賭ける必要はありません」

麻雀に関して馬場さんは玄人《くろうと》はだしの腕前という噂を聞いたことがある。家族麻雀しか知らない毒島さんと、齧った程度の経験しかない自分に太刀《たち》打ちできるはずがない。勝つつもりらしい毒島さんには悪いが、勝負の結果は火を見るよりも明らかだ。

「それでいいよ。素人から金を取る気はない。俺が負けたら再検査に行く。それが今回の勝負の目的だ」と馬場さんは言ってから、「でもそれだけだとやっぱりつまらないな。勝ったときのメリットもほしいかな。そうだ。こうしないか。俺が勝ったらデートをしてくれよ」と軽い口調で毒島さんに声をかける。

「実はディズニーシーに行ったことがないんだ。ランドは昔行ったけど、シーはいまだに行ったことがない。仕事柄、お客さんに訊かれることもあるし、一度くらいは行ってておくべきだと思うんだよな。だから俺が勝ったら一緒にディズニーシーに行ってくれ」

飄々《ひょうひょう》とした口調でとんでもないことを言い出した。自分の年も考えず、くるみに続いて毒島さんを誘うなんて。しかし毒島さんの返事に爽太はさらに驚いた。

「わかりました。私が負けたら一緒に行きます」

「待ってください！　そんな申し出を受けることはないですよ」爽太は慌てて引き留めた。「馬場さんだって本気で言っているわけじゃないですよ」

「構いません。ディズニーシーには私も子供の頃に行ったきりですから」

「いや、そういう問題じゃなくて」

こんなバツ二の五十男とデートする必要はないと言いたいのだ。

「大丈夫です。私負けませんから」

爽太の胸のうちを知ってか知らずか、毒島さんは自信ありげに胸を張った。

2

「来てくれたんですね。嬉しいです」

店に着くと影山が満面の笑みで歓迎してくれた。

その雀荘はカフェのような洒落《しゃれ》た造りの店だった。近隣の大学の女子学生に来てもらうために女性のプロ雀士にプロデュースしてもらったそうだ。壁にはミュシャやアンディ・ウォーホルのポスターが張られて、ＢＧＭにはジャズが流れている。

はじめる前に毒島さんは化粧室に行った。その隙を狙ったように、

「サシウマを握ろうか。この二人は参加しないから、これでいいか」と馬場さんは指を三本立ててみせた。

「いいですよ」と影山は頷いた。

「なんですか。それ」意味がわからず爽太は訊いた。

「俺たちだけならお遊びでもいいが、彼に入ってもらうならそれだけというわけにはいかないんだ」

雀荘の従業員《メンバー》である影山の仕事内容には、基本的な接客と掃除、片付けに加えて客と一緒に麻雀を打つというものがあるそうだ。今回のように四人に満たないで店に来た客と打つこともあれば、一人で来た客たちと一緒に打つこともある。時給は法律で決められた最低賃金に近いので、余裕のある生活を送るためには麻雀で勝って自力で稼ぐ必要があるという。

サシウマとは終了時の着順が下位の者が上位の者に一定の点数を支払うルールで、この場合馬場さんと影山で、下位の者が三万円を支払うことになるそうだ。

「馬場さんたちはお金を賭けるってことですか」

「そういうことだ。おっと、知らないふりをしていてくれよ。彼女に知られたら、きっと法律違反だって怒られるからさ」

毒島さんが戻ってきたのを見て、馬場さんは悪戯っぽく笑った。


麻雀は百三十六枚の牌を使って和了《あが》ることを目指すゲームだ。一から九の数字が描かれた数牌《シュウパイ》（萬子《マンズ》・索子《ソウズ》・筒子《ピンズ》）と、漢字が描かれた七種類の字牌《ツーパイ》があって、完成した形によって和了ったときの点数が違う。同じ数字の並びを集めたり、同じ種類の数牌だけを集めたり、暗子《アンコー》だけを集めたり、あるいは三元牌《サンゲンパイ》や風牌《フォンパイ》だけを集めたりと、その難易度によって下は千点から上は役満の三万二千点（ダブル役満、トリプル役満になればその二倍、三倍、親で和了ればその一・五倍）になることもある。

勝負は半チャン一回。一人ずつ順番に親をやり、それが二周したらゲーム終了ということだ。

「一回って短くないですか」爽太は言った。

ルールにもよるが、半チャン一回が麻雀というゲームの基本だ。学生時代でも半チャン四回くらいは続けてやっていたはずだった。

「展開によっては続けてもいいけどな。でも初心者相手ならそれで十分だろう」

ぎこちない手つきで麻雀牌を全自動卓に落とし込んでいる毒島さんに目をやりなが

ら、馬場さんが小声で言った。

それぞれが三万点分の点棒をもってスタートして、和了った者が他から点棒をもらう。最後に点数が一番多い人の勝ち。途中で点数がなくなっても最後まで続ける、と馬場さんがその場のルールを決めた。

二万五千点持ちの三万点返し、誰かの点数がマイナスになればゲーム終了となるのが一般的だから、ある意味、素人向けの特別ルールと言えるだろう。

まずは席決め。卓に伏せた四つの牌をそれぞれに取って、爽太、影山、毒島さん、馬場さんという順番で卓につく。最初の親は爽太だった。

「お正月に実家でやって以来です。その時は私が勝ちました。だから今日も勝ちますよ」

毒島さんが張り切った声で言いながら、山《ヤマ》から自分の牌をもってくる。

そうか。実家に帰った影響か。家族と会って、何か思うところがあったのかもしれないな。薬剤師としての毒島さんのことは知っているが、プライベートなことはよく知らないな、とあらためて考える。

「わざわざ来ていただいてありがとうございます。ところでみなさんのことをお訊きしてもいいですか」

ゲームを進めながら影山がにこにこしてみんなの顔を見渡した。

「俺とこの水尾くんはホテルマンで、そちらの女性、毒島さんは薬剤師だ。我々の関係は飲み友達ってところかな」馬場さんが冗談めいた口調で説明する。

「薬剤師さんですか」影山は驚いたように毒島さんに目をやった。

「それでこの前、あの酔っ払いにあれだけ的確な意見をしてくれたわけですね」

しかし毒島さんはそれどころではないようで、自分の手牌《テハイ》を必死に睨んで返事をしようとしなかった。

「本当に助かりました。これからは酔っ払いにからまれたら、自分はDD型だから一切飲めないと言うことにしようと決めました」

そして爽太たちの顔を見まわして、「みなさん、今日はお酒を飲んできたようですね。顔から判断するに馬場さんと毒島さんがNN型で、水尾さんはND型というところですか」と陽気な声で指摘した。

「なんで顔を見ただけでわかるんだ」と馬場さんが訊く。

「毒島さんの話を聞いて、興味を持って調べてみました。酒を飲んで顔が赤くなるのはアジア人特有で、英語でアジアンフラッシュとかオリエンタルフラッシュとか言うそうです。飲んですぐに顔が赤くなるのはND型で、NN型の人はよほどの量を飲まないと赤くならないってことらしいです。馬場さんと毒島さんは白いままなのに、水尾さんだけ赤くなっているのでそう思いました。ところでオリエンタルフラッシュってヒーロー物の必殺技の名前か、お笑い芸人のコンビ名みたいで面白くないですか」

影山は一人で喋って笑っている。妙に愛想のいい男だった。若そうだが、こういう仕事をしているせいか、相手の懐に飛び込むこつを心得ているようだ。

最初は影山が千点を和了り、次は馬場さんが満貫を和了った。そして次はお返しとばかりに影山が二回続けて自模《ツモ》和了りをした。親が一周して、東場《トンバ》——半チャンの半分が終わったことになる。三回和了った影山がトップ。二位が馬場さんで、一度も和了っていない毒島さんと爽太がその後だ。

はじまってすぐに、馬場さんと影山の腕前がかなりのものとわかった。牌を出し入れする仕草も手馴れていて、山の牌を自模ってから、不要牌を捨てるまでの時間が一秒とかからない。影山に至っては手牌を整理しないでバラバラのままで打っている。

しかし爽太と毒島さんはそうはいかない。自模るたびに手牌を並べ替え、数秒、ときには数十秒から一分以上かけて何を捨てるか決めている。毒島さんは至っては、家族麻雀以外の麻雀ははじめてということで、三回に一回は違う場所に手を伸ばしては馬場さんに注意されている。

やがて待つことに飽きたのか、馬場さんは自分の番が終わると、店にあったスポーツ新聞を広げて読むようになった。これはもはや勝負以前の問題で、どう考えても毒島さんに勝ち目はなさそうだ。これでは馬場さんを再検査に行かせることはできないな、と爽太は心の中でため息をついた。いや、違う。糖尿病が進行しようが進行しまいがそれは馬場さんの自己責任だ。問題は毒島さんが馬場さんとデートをする羽目になることだ。

自分の気持ちを知っていながら、馬場さんはなんでそんな条件を出したのか。きっといつもの冗談なのだと思いつつ、もしかしたら、と不安な気持ちにもなってくる。

しかし勝負の途中で深く考えている暇はない。要は毒島さんを勝たせればいいのだ、と爽太は頭を切り替えた。残りの局は自分の和了りを考えず、毒島さんのサポートに徹しよう。

そして二巡目となる南場《ナンバ》がはじまった。

爽太は自分の手牌よりも、左側に座った毒島さんの捨て牌に気を配った。

すると妙なことに気がついた。最初の捨て牌が【五萬《ウーマン》】で、次に捨てたのが【六《ロー》索《ソー》】だ。

一般的に、配牌《ハイパイ》を取った後、すぐに捨てる牌は、字牌、あるいは一や九といった端の数牌が多い。字牌は同じ牌を集めないと役に立たないし、数牌でも一や九といった牌は片方にしか繋《つな》がらないからだ。真ん中の数牌は手作りをするうえで重要になる。中級者以上なら和了ったときの点数を高めるために、あえてそういう戦法を取ることもあるだろう。しかし毒島さんのような初心者が、そんな捨て方をするには二つの可能性しかない。

　配牌がよくてすぐに和了れそうな形であるか、あるいは逆に完全にバラバラの配牌が来ているということだ。

　前者であることを期待したが、生憎と毒島さんからリーチやロンといった声はかからない。その局は誰も和了れず流局となって、次局も、毒島さんは真ん中の牌から切り出した。それで、あれっ、と不安になった。これまで気づいていなかったが、最初からこんな捨て方をしていたのだろうか。そうだとしたらまずいことになる。こんなやり方をしていては和了れるはずがない。

「でも薬剤師ってすごいですね。何も見ないであれだけの知識を披露できるなんて」

　爽太の焦りをよそに、影山は毒島さんに話しかけている。しかし毒島さんは自分の手牌を凝視したまま返事をしなかった。わざと無視しているわけではなく、単に耳に届いていないようだった。手持ち無沙汰なのか、影山は次に馬場さんに話しかけた。

「どちらのホテルにお勤めなのかお訊きしてもいいですか」

「ホテル・ミネルヴァだよ。坂の上に建つ」

「ああ、あそこですか。綺麗なホテルですよね。ホテルマンっていいですね。僕もやってみたいと思っていた時期がありました」

「面白いといえば面白いし、退屈といえば退屈な仕事だな。そういう君はプロ雀士でも目指しているのかい」新聞から顔をあげることなく馬場さんが訊く。

「そういうわけじゃありません。僕は人間観察が好きなんです。この仕事は、いろんな職業の人と話をすることができるところがいいんです」

影山はそう返事をしてから、実を言うとミステリー作家を目指しているんです、と恥ずかしそうに言い足した。

「これまでに三回新人賞に応募しました。最初の二作はダメでしたが、三作目が最終選考まで残りました」

「へえ、すごいじゃないか。するともうすぐデビューかい」馬場さんがスポーツ新聞から目をあげる。

「いえ、結局最終で落ちました。でも編集の方からアドバイスをもらって、次回も応募してくださいって、声をかけていただいたんです。それで執筆に集中するために掛け持ちしていた他のアルバイトを辞めて、ここだけにしたってことなんです」

影山の話に馬場さんは感心したように頷いた。

「なるほど。若い人はいいねえ。夢があって。こんな年になるともうダメだ。体もあちこちガタが来て、病院に行け行けとまわりから責められるばかりの毎日だ。いやあ、本当に年は取りたくない」自分の病気がまるで年齢のせいのように言う。

「そういうわけで薬剤師さんと知り合えて、実はすごく興奮しています。ミステリーに毒物はつきものなので、それについての知識を教えてほしいです」

影山は毒島さんをちらりと見たが、毒島さんは相変わらず牌に目を落としたままだった。

その局は影山が和了った。やはり毒島さんに和了る気配はない。不安はさらに大きくなった。このままでは馬場さんと影山が交代に和了ってゲームが終わってしまうだろう。

次の局、ようやくいい手牌が爽太に入った。配牌で萬子が十枚ある。すべて同じ種類の数牌で和了れば清一色《チンイーソー》という役になる。最底でも満貫は確定で、他の役もつければハネ満以上も狙えそうだ。毒島さんを援護するためにも、これはなんとしてもモノにしたい。

しかし毒島さんを勝たせるためには馬場さんから和了らなければ意味がない。いきおい打ち方が慎重になり、途中で何度も考え込むことになる。

「すいません。ちょっと考えさせてください……」

するとその間を利用するように、また影山が毒島さんに話しかけはじめた。

「実は、横溝正史《よこみぞせいし》とアガサ・クリスティも薬剤師だったんですよ。横溝正史は実家が生薬屋で、江戸川乱歩《えどがわらんぽ》に東京に呼ばれるまで、そこで働いてたという話です。アガサ・クリスティは薬剤師の助手として調剤薬局に勤めて毒物の知識を得たそうで、それをきっかけに『スタイルズ荘の怪事件』を書いたそうなんです。だから僕にすれば薬剤師ってすごく羨ましい職業なんですよ。仕事の延長で小説が書けるから」

それでも毒島さんは自分の手牌を見たまま返事をしない。

「ひとつ質問なんですが、誰にもばれないように人を殺せる毒ってないですか。一般人が知らないような特殊な毒についての知識を持っているなら、それを教えてもらえるとありがたいんですが」

ずいぶんとなれなれしいし、不躾だな。そんな質問の仕方はないだろう。

爽太が顔をしかめたその瞬間、「あのですね」と毒島さんが顔をあげた。

「薬剤師は、患者さんの健康を維持するために、日々勉強して薬の知識を蓄えているのです。人を殺すための知識を得たい人にべらべらとその方法を教えるはずがありません」

「――すみません。そんなつもりじゃなかったんですが」

思いのほか強い口調でたしなめられて、影山は慌てたように言い訳をはじめた。

「小説の題材にいいネタはないかと思っただけで、本気で人を殺したいと思っているわけじゃないんです。ミステリー小説を読んでいると出てくる毒は青酸カリとかヒ素とかストリキニーネとかばっかりで、もっと目新しい毒がないかと思い、そんな質問をしたんです」

すいません、変なことを言いました、気を悪くされたらごめんなさい、と影山は慌てた様子で頭を下げる。

すると毒島さんはふうっと息を吐いてから、

「そもそもの話、人の命を奪うのに漫画や小説に出てくるような毒物を使う必要はありません。この世に存在するあらゆる物質が人間にとっては毒にも薬にもなるからです。水だって飲みすぎれば命を落とす原因になりますし、塩や砂糖にだって致死量はあります。大人には無害な蜂蜜だって、含まれているボツリヌス菌の芽胞《がほう》のせいで赤ん坊にとっては猛毒になります。だからもしあなたに殺したい人がいるなら、まずは相手の健康状態と服用している薬を把握することをお勧めします。それがわかれば薬の量を調整することで、命を落とすような状態を作り出すことが可能になるからです」と普段からは想像もつかないような不穏当なことを言い出した。

「健康状態と服用している薬……ですか」

意味がわからないといった顔で影山は首をかしげる。

「たとえばの話ですが、糖尿病予備軍でいながら、きちんと治療をしていない患者さんの健康状態を損なうことは、赤子の手をひねるように簡単です。物騒な毒薬を使うことなく相手を危険な状態に導けます」

毒島さんは言いながら馬場さんを見た。

「要は血糖値が高い状態を常に保つようにすればいいだけです。糖尿病の食事療法は、カロリーを守って、バランスのいい食事を、決まった時間に摂るようにすることです。この三つを逆にすれば悪い影響があらわれます。高カロリー物を好きなだけ、毎日バラバラな時間に摂るように勧めることで、てきめんに健康状態は悪くなるでしょう」

フロントマンの仕事は夜勤が多い。朝昼晩と決まった時間に食事を摂ることは難しい。内容も賄《まかな》い飯、コンビニ弁当、外食とその時々でばらばらだ。さらに馬場さんは三度の飯より酒が好きだ。自己管理を怠れば病気は間違いなく進行するだろう。

「中高年の男性はとかくご自身の健康を軽く見る傾向があるようです。検査値が悪くても病院に行かず、体調が悪くても薬を飲まず、我慢に我慢を重ねて、最後にどうしようもなくなって病院に駆け込んで、どうしてもっと早く来なかったんだとお医者さんに怒られる。この仕事をしていてそんな話は飽きるほど聞きました。とても大事なことなのに、自分の体のことを自分で真剣に考えないでどうします」

最後は明らかに馬場さんに対する意見だった。

「馬場さん、体に問題があるんですか」

影山が困惑した顔で三人を順番に見回した。毒島さんは言いたいことを言って満足したようで手牌に視線を戻している。馬場さんは知らん顔で返事をしないので、仕方なく爽太が、健康診断の結果に問題があるのに馬場さんが再検査に行こうとしないという話をした。

　麻雀をすることになった経緯――毒島さんが勝ったら馬場さんが再検査に行き、馬場さんが勝ったらデートをするという約束をしたことに話が及ぶと、「そういう事情があったんですか」影山は納得したように頷いた。

「そういうことなら僕も及ばずながら力を貸します。二人で馬場さんを倒しましょう」と毒島さんに笑いかける。

　毒島さんの機嫌をとるような言い方に、思わず爽太はムッとした。どうにも面白くない展開だった。それで気勢をそがれたせいというわけでもないのだが、うまく手牌は進まずに、誰も和了れずにまた流局となった。

　そのまま淡々と局は進み、気がつくと最後の爽太に親がまわってきた。

　みんなで点数の確認をする。影山がトップ、七千点差で馬場さんが二位で、三位が爽太、最下位が毒島さんという結果だった。毒島さんと馬場さんとの差は四万点弱。毒島さんが勝つには、二万点以上の手を馬場さんが捨てた牌で和了る（二万の点棒が移動すれば二人の差は四万点縮む）か、三万二千点の役満を自模和了る（馬場さんは八千点の点棒を払うので、二人の差は同じく四万点縮む）しか方法はないということだ。

親が和了れば連チャンが続くから、毒島さんとの差が逆転するまで爽太が馬場さんから和了り続けるという方法もあるけれど、実力差から考えるとかなり難しいと言えるだろう。

そして最後の局《オーラス》がはじまった。

馬場さんは毒島さんには勝っているが、影山には負けている。このままではサシウマが負けになる。トップを狙ってか、二巡目に【東】、四巡目にドラの【七索《チーソウ》】を「ポン」してきた。

和了れば親の満貫で馬場さんがトップになる。影山はいつになく考え込みながら打っている。サシウマに加えて、毒島さんを援護すると宣言した手前も打ち込みたくはないだろう。場を見渡しながら、一度捨てようとした牌を、いや、違うか、と呟いて途中で変えている。これまでにはない慎重な打ち方だ。

毒島さんはここまで和了《ホーラ》どころか聴牌《テンパイ》をした気配もない。南場がはじまって以降、捨て牌を注意して見ているが、ずっと同じ傾向が見えている。つまり真ん中の数牌から捨てている。ここにきて、実は毒島さんは麻雀をよく知らないのではないか、という疑念が湧いてきた。

基本的に麻雀の役は、雀頭一つと暗子か順子《シュンツ》を四セット集めることとの組み合わせから成るのだが、その形に縛られない特殊な役が二つある。ひとつは七対子《チートイツ》といい、名前の通り対子を七セット集める役だ。特殊といってもさほど珍しい役ではなく、そのせいで点数もそれほど高くない。

だがもうひとつは違う。国士《こくし》無《む》双《そう》といって役満だ。

すべてバラバラの十三種類十四枚を集める役で、難易度が高いだけに和了ることはおろか、聴牌することさえ難しい。

【東】【南】【西《シャー》】【北《ペー》】【白《ハク》】【撥《ハツ》】【中《チュン》】【一萬】【九萬《チューマン》】【一索】【九索】【一筒】【九筒】といった十三種の字牌と端の数牌に雀頭をひとつだけ作る、刻子も順子もない役なのだ。

　だから捨て牌を見ていれば、国士無双を狙っていることはすぐわかる。普通の役を狙うなら字牌や端の数牌が序盤に切られるはずが、国士無双を狙うなら逆に真ん中の牌から切られるからだ。

　捨て牌を見ていれば、打ち手の手牌の傾向がわかる。ということは、毒島さんは最初から一貫して国士無双だけを狙っていることになる。そんな打ち手は初心者といえどもほとんどいない。麻雀牌百三十六枚のうち、国士無双に使える牌は四十八枚しかない。それ以外の八十八枚を無駄にして、そこに固執することは確率論的にあり得ない。しかし毒島さんは、家族麻雀以外はしたことがないと言っていた。身内の遊びなら、自分の和了りを放棄して、娘や妹に国士無双を和了らせてやろうとする親や兄がいても不思議ではない。そして毒島さんはそれを実力と思っているのかも。

「チー」

馬場さんが毒島さんの捨てた【八萬《パーマン》】に反応した。手牌から【六萬】【七萬】と出して合わせて卓の右に置く。ポンを二回、チーを一回したことで馬場さんの手牌は四枚しかない。これで聴牌したことは間違いないだろう。

次は影山だが、馬場さんの捨て牌に視線をやって動かない。ポンかチーをするのかと思ったが、うーん、やめておくか、と呟いて山に手を伸ばす。迷いながら手を出したためか、山の牌を指でひっかけた。二段に積まれた上の牌が下の牌ともつれて転がった。

「すいません」

影山は謝って、転がった牌を山に戻してから、あらためて自分の牌を自模った。

「おい……今の」

馬場さんが目を瞬かせて声を出す。

「すいません。落としたので直しました」影山は済まなそうに頭を下げる。

「……ふん、まあ、いいか」馬場さんは一瞬眉根を寄せたが、考え直したように首をふる。

次は毒島さんだった。山の牌を自模ると、手牌に入れて、【五萬】を河《ホー》に捨てた。

一巡後、牌を自模った毒島さんの様子があからさまに変わった。咳払いをしてから、ゆっくりと【九索】を河に置く。その指先は小刻みに震えている。

「おいおい、ついにテンパったのか」馬場さんが右手で自分の額をぺしっと叩く。

「自摸れば逆転ですね。面白くなってきましたね」影山が場を見渡しながら悪戯っぽく笑う。

二人とも毒島さんの狙いにはとっくの昔に気づいていたようだ。自分がわかったことだからそんなことは当然か。爽太の番になり毒島さんには当たるはずのない【五萬】を捨てた。

馬場さんは山から自模って、うーん、と唸った。

「しまった。さすがにこれは切れないな」

危険な字牌か端の数牌を引いてきたようだ。毒島さんが聴牌をしているのか、まだなのかは傍で見ていてもわからない。

「仕方ない」

馬場さんは持ってきた牌と入れ替えで手の内から【五筒】を捨てた。危険な牌を手牌に入れて、真ん中の牌を切ったということは、自分の聴牌の形を崩して、安全策を取ったということだ。

次の影山も勝負はしなかった。手のうちから同じく【五筒】を切り出した。

そしてまた毒島さんの番になる。普段以上に真剣な顔になり、山に手を伸ばして牌を手元に引き寄せる。自模れ、と爽太は心の中で声援を送るが、ダメだった。わかりやすいほどにがっかりした顔になり【八索】を自模切りした。

三人がただ安全な真ん中の牌を捨て、毒島さん一人が真剣な顔で山から牌を自模ってくる。そんなことが二巡続いて、次第に馬場さんが渋い顔になっていく。危険な字牌や端の数牌を連続してもってきて、どれを捨ててもロンと言われそうな状況になっているようだ。

ポンやチーを続けて手牌を減らすと、えてしてこうなることがある。初心者にありがちだが、ベテランがそんな状況に陥ることは珍しい。毒島さんを舐《な》めすぎて、逆に窮地に陥ったということか。

「厳しいな。こう連続して字牌を引いてくるとは」馬場さんは困ったように頭を掻く。

「考えてもわかりませんよ。運を天に任せて、目をつぶって一枚捨てたらどうですか」他人事だと思って影山は無責任なことを言う。

「たしかに考えてもわからないな。よし、これだ」

馬場さんは手牌から一枚抜いて河に置いた。

【中】だった。

それを見た毒島さんの顔が強張った。

「ロンです！」

勢いよく手牌を倒す。その手牌はすべて字牌と端の数牌だけだった。国士無双だ。三万二千点を馬場さんが毒島さんに払うことになる。六万四千点の差ができて、これで毒島さんが逆転だ。

「やった――」自分が役満を和了ったように爽太は拳を突き出した。

「すごいですよ。ここでその手を和了りきるとは」影山も感心したように手を叩く。

「約束です。病院に行ってくださいね」

爽太は馬場さんに釘を刺した。デートの件は言うまでもなくお流れだ。しかし馬場さんは慌てることなく、「ちょっと待て。その手牌、おかしくないか」とさりげなく毒島さんの手牌に手を伸ばした。

「一、二、三、四……十一、十二、ほら、一枚足りない。少牌《ショウハイ》だ」

撫でるようにすっと牌の上に手を滑らせて、残念そうに肩をすくめる。

「えっ、まさか」

麻雀の手牌は十三枚。自模るか、他人が捨てた十四枚目の牌で手役ができれば和了となるはずだ。

しかし毒島さんの手は十二枚しかない。【一萬】が二枚で、あとは種類の違う一九字牌。見ていくと馬場さんが切った【中】以外に【撥】がそこにはない。

「嘘、【撥】はあったはずなのに」

役満を和了った喜びも束の間、毒島さんは狐につままれたような顔になる。

「少牌で和了り宣言をしたんだからチョンボだな。罰符《バップ》は満貫《マンガン》払いだよ」

和了りは無効でさらに罰符を支払えば、計算するまでもなく毒島さんの負けだった。

「馬場さん、今の——」影山が困惑したような顔をする。

「何か変かい。別におかしくないと思うけど」

馬場さんはにやりと笑うと、ジャケットから財布を取り出した。

「彼女には勝ったが、君には負けたな。いやあ、勝負の綾《あや》は面白いもんだ」

一万円札を三枚出して卓に置く。あからさまな賭け麻雀だったが、首をひねってい
る毒島さんは気づいていなかった。

「これで終わりだ。場代を計算してくれよ」

「いいんですか」影山が不思議そうな顔をする。

「もちろんいいさ。最初にサシウマを握ったろう」

「いや、そうじゃなくて」

「いいんだよ。約束は半チャン一回。これで終わりだよ」

馬場さんは何かを言いたそうにしている影山に精算を急がせた。それから「変です。

たしかに全部の牌があったはずなのに」と首をひねっている毒島さんに、「いやあ、

惜しかったなあ」と声をかけた。

「本当に全部あったはずなんですよ。少ないなんて変です。馬場さん、さっき手を伸ばしたときに私の牌を盗りませんでしたか」と毒島さんが馬場さんに訊く。

「盗ってないよ。もしかしたら下に落としたんじゃないのかい」

言われて毒島さんは卓の下を覗き込む。

「あった。落ちてます」

卓の下に潜り込んで、拾った牌を卓に置く。【撥】だった。

「気づかないうちに落としたんだな」

「いつ落としたんだろう。普通なら気がつくはずなのに」

毒島さんは納得できないという顔になる。

「そういうこともあるさ」と馬場さんは澄ました顔で言葉を続ける。「それで約束の件だけど、俺が負けたら病院に行く、勝ったらデートをするということでよかったかい」

「……もちろんです。約束は守ります」

毒島さんは悔しそうに頷いて、爽太は忸怩《じくじ》たる気持ちでそれを聞いていた。

「そのことだけど、酒の席からずっと糖尿病の話を聞かされ続けて、さすがの俺も怖くなってきたよ。目が見えなくなったり、手の指がなくなったりして、麻雀を打てなくなるのも嫌だしな。だから勝負の結果とは別に再検査に行くよ」

「わかってくれたんですか。よかったです」

　毒島さんが少牌のショックを忘れたようにようやく表情を緩めた。

「HbA1Cのことを言われたら何も言えないな。血糖値は問題ないか大丈夫ですと言って支配人は煙に巻けたんだが、さすがに薬剤師はごまかせないな」と馬場さんは頭を掻いた。

「それでデートの約束だけど」

「ディズニーシーですね。いつがいいですか」

　あーあ、と心の中でため息をつきながら、爽太は二人のやりとりを聞いていた。

「勢いでああは言ったけど、よく考えてみたら、俺はそこまでディズニーシーに行きたいわけじゃないんだよな」

「なんですか、それは」

　毒島さんより早く爽太は突っ込んだ。自分で言い出しておいてその返答はないだろう。いや、一緒に行かないのは歓迎するべきことだけど、しかしそれはあまりに失礼な態度ではないだろうか。

「くるみちゃんを――いや、フロントの女の子の名前なんだけど――を誘ったときに、お祖父ちゃんと孫ですねと返されて、それが悔しくてついそんなことを言ったんだ。

どうしても行きたいわけじゃないけど、でも約束した責任はある。だから俺の代わりにこの水尾とディズニーシーに行ってくれないか」

　馬場さんに言われて、爽太は思わず固まった。

「……私は別にいいですが」

　毒島さんは訝しげな顔になる。想像もしない展開に爽太は頭の中が真っ白になった。

「い、いや、それはダメです。約束が違います。馬場さんが行ってください。俺はダメです」なぜか本心とは真逆な言葉が口をつく。

「俺はいいって。だからお前が行ってくれ」

「でも勝ったのは馬場さんですし」

「細かいことは気にするな。ここは若い者同士、二人で仲良く行ってこい」と馬場さんはにやりと笑う。

　いやいや、細かいことじゃないだろう、と思いつつ、もしかして最初から馬場さんはこうするつもりだったのかと気がついた。クリスマスにも正月にもデートできなかった自分のためにお膳立てをしてくれたわけなのか。

「彼女とディズニーシーに行くのが嫌なのか」

「いや、そんなことはないですが――」

　しかし何もしていないこの状況では素直に喜べない。爽太が躊躇していると、「じやあ、僕が」と声がした。影山だ。面白そうに二人のやりとりを眺めている。

「水尾さんが行かないなら僕が立候補しますけど」

「ダメだよ。やっぱり俺が行く！」

とっさに爽太が大声を出すと、「どうぞどうぞ」と影山は笑った。

「もちろん冗談です。どうぞ二人で行ってください」

「じゃあ、そういうことで麻雀はこれでお開きだ。俺は物足りないから、もう一勝負していくよ」

馬場さんは影山に向かって、「向こうにすぐ入れるフリーの卓はあるかな」と声をかけた。

「見てきます」と影山は立ち上がり、「お疲れ様でした。また遊びに来てくださいね」と毒島さんと爽太に微笑《ほほえ》んだ。

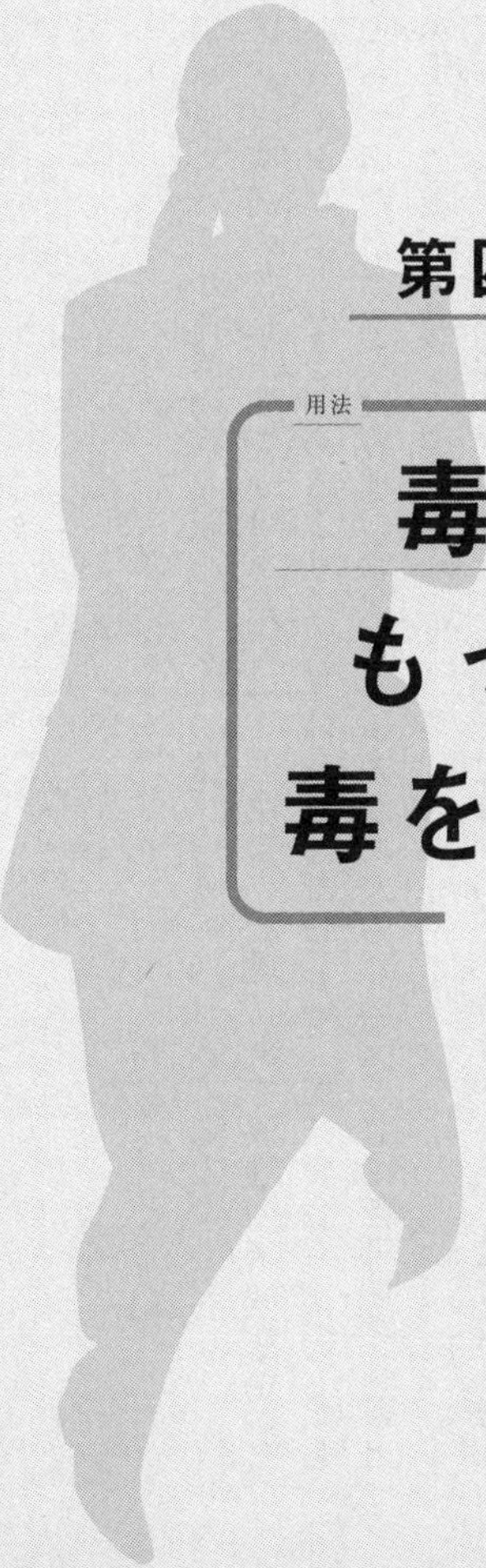

第四話

用法

毒をもって毒を制す

年　月　日

1

是沢クリニックが休診の張り紙を出したのは、麻雀の四日後のことだった。

どうめき薬局の社長が聞きつけた話では、医師会の要職に就く義理の父親が激怒して、すぐにクリニックを閉めるように院長に命令したらしい。開業資金もすべて出してもらっていたため院長は義理のお父さんに頭があがらない。それで無期限の休診となったとのことだった。

「是沢クリニックを閉鎖させることが目的ではなかったのですが、あらたに健康被害にあう患者さんがいなくなったことには安心しました」

毒島さんの話に爽太は頷いた。

「僕も妹にあのニュースの録画を見せました。是沢クリニックで売っていたのは偽薬だと知って、本気で驚いていました」

自分がいくら言っても聞く耳をもつことはなかったのに、テレビで流れたとたんに態度を変えた。ダイエットをやめるつもりはないようだが、安易な方法を取ると後悔するということには気づいたようだ。くるみと健介の件から、頭ごなしに言っても逆効果ということがわかったので、今はそれ以上のことは言わないでおいた。折を見て、薬に頼らない、筋トレや食事療法によるダイエットを勧めようかと思っている。

「それでいいと思います。何事にも地道な努力が必要です。楽して痩せたい、楽して筋肉をつけたい、楽して頭が良くなりたい。そんな欲が薬と結びついたとき、悪い結果になることがあるようですから」

　爽太の話を聞いて、毒島さんは言った。

「でも素人の僕からしたら、そんなダイエットの薬が世界中で使われているってことが驚きでした。頭の良くなる薬とか、筋肉を増やす薬とかもあるようですし、そのうちに不老長寿の薬なんてものも発明されるかもしれませんね」

「将来的には可能性はありますね。寿命と遺伝子の関係は数多く研究されていて、寿命を伸ばすサーチュイン遺伝子や、ＤＮＡの末端部分にあるテロメアという遺伝子の研究が現在各所で進められているようですから――」

　冗談のつもりだったが、毒島さんは真面目に語り出す。そういう話題も嫌いではないが、とりあえず先に確認しておきたいことがある。

「えーと、それはそれとして、今日行くのは本当にここでいいんですね」

　爽太はスマートフォンの画面を毒島さんに見せた。地図アプリに、とある場所が表示されている。

「はい。機会があれば行きたいとずっと思っていたんですが、なかなか足を運ぶ余裕がなくて……。でも水尾さんが他の場所がよければ、そこに変えてもいいですが」

「僕は構いません。面白そうです。行きましょう」

二月の最初の日曜日だった。

馬場さんの計らいで毒島さんとディズニーシーに行くことになった雀荘からの帰り道、相談して二人とも仕事が休みのこの日に決めた。待ち合わせの時間を決めようとしたが、ふと気になって、「本当にディズニーシーでいいですか」と訊いてみた。浦安《うらやす》に住んでいる爽太からすればディズニーシーは行き慣れた場所だった。小学生の頃は年間パスポートを使って、学校が休みのたびに遊びに行っていた。大学生になって地方出身の同級生にその話をすると本気で羨ましがられもした。そんな高いモノを子供に買い与えるとはなんて贅沢な親なんだ、と憤慨されることもあったが、往復は自転車を使い、園内では喉が渇けば水を飲み、腹が減ればワゴンの食べ物をみんなで分けて食べていたから、園内で金を使うことはほとんどなかった。一年有効で数万円かかるのだから決して安くないが、日割りで計算すればコストパフォーマンスのいい買い物だったのだ。

だからディズニーシーに行けば、穴場に連れて行ったり、効率的に案内をする自信はある。しかし毒島さんはそれで楽しんでくれるのか。馬場さんに言われてＯＫはしたものの、本当に行きたいと思っているかはわからない。それで念のために訊いてみた。

「他に行きたい場所があればそこに変えてもいいですよ」

「行きたい場所ですか。別に……」と言いかけた毒島さんの口が、あっ、という形に開いた。「そういえば行ってみたいと思いながら、なかなか足を運べない場所がありました」

「じゃあ、そこに変えましょう」

「いえ、でも、それは」毒島さんは口を濁《にご》した。

「私には興味がある場所ですが、水尾さんには面白くない場所かもしれません」

そう言われると、逆に興味が湧いてくる。

「そんなことないです。僕も毒島さんが行きたい場所に行ってみたいです」

「……でも、やっぱり申し訳ないのでいいです」毒島さんは困惑した顔になる。

「僕のことは気にしないでください。じゃあ、ディズニーシーは次の機会にして、今回は毒島さんの行きたい場所に行く。そういうことでどうですか」

「うーん、そうですね。じゃあ、そういうことにしましょうか」

毒島さんが頷いたので、やった、と爽太は心の中で拳を握った。これで二度目のデートも約束したことになる。

「それで行きたい場所ってどこですか」

爽太の質問に、毒島さんがある場所の名前を告げた。聞き間違いかと思って、「すいません。もう一度お願いします」と爽太は訊いた。

しかし毒島さんが口にした名前は前と同じものだった。本当にそれでいいんですか、とはもう言えない。一呼吸置いて、爽太はゆっくり頷いた。

「わかりました。じゃあ、JRの目黒駅で十時に待ち合わせでいいですか」

困惑を顔に出さないようにする爽太に向かって、「わかりました。楽しみです」と毒島さんは微笑んだ。

そして当日。毒島さんは黒いセーターに紺の巻スカート、白いコートを着て、足元はハーフブーツという恰好で待ち合わせ場所に現れた。髪は束ねず、顔にはしっかりメイクを施している。黒い眼鏡は普段のままだが、見慣れない女性っぽい姿に、やっぱりディズニーシーにしておけばよかったかな、と考えた。

目的地に歩を進めながら、まずはお礼を口にした。

「馬場さんのことは助かりました。たしかにトイレが近かったり、昔より水を飲むようになったりという兆候があったんです。でも病気と結びつけて考えたりしませんでした。あの日、その話を聞いてはじめて気づきました」

「みなさんそうです。お医者さんに指摘されて、ああそういえば、と気づく方が多いんです。あらかじめ知識を蓄えておけば、早い段階で治療に取りかかれて、症状が重くなる前に治すことができると思うのですが、そういう方は少なくて」と毒島さんは苦い顔をする。

「それにしてもあの国士無双は残念でしたね。たしかに和了っていたと思ったのに少牌をするなんて」

「そのことですけど、今さらこんなことを訊くのは変かもしれませんが……どうしてあんなことになったんでしょうか」

「少牌ですか。【撥】が床に落ちていたので、たぶん気がつかないうちに落としたんじゃないでしょうか」

「いえ、そうではなくて……」毒島さんは言いにくそうに、「私が知りたいのは麻雀をすることになった経緯です」と続けた。

「どうしてって毒島さんが麻雀の勝負を受けると言ったからじゃないですか」

当たり前のように言ってから、毒島さんが困った顔をしていることに気がついた。

「もしかして覚えてないいんですか」

「そうなんです」と毒島さんは恥ずかしそうに頷いた。「ところどころは覚えているのですが、そもそものきっかけが思い出せなくて」

「健康診断の数値が悪かったのに、再検査に行かないことを方波見さんと刑部さんに責められて、麻雀に負けたら再検査に行ってもいい、と馬場さんが言い出したことがきっかけです。麻雀なんてできませんと二人が断ったところ、私が勝負を受けます、と毒島さんが手をあげたんです」

あのときの毒島さんは会話に参加せず一人で黙々と飲んでいた。もしかして見た目以上に酔っていたのか。

「じゃあ、負けたらデートをするという約束も覚えていないんですか」

「タクシーに乗った後のことは覚えています」

「そもそも麻雀は好きなんですか。家族麻雀をやっていたと言っていましたが、お正月に実家に戻ってやったということですか」

「そうです。久しぶりに家族麻雀をやりました。そのときに国士無双という役満を和了ったんです。その記憶があったので、つい手をあげたんだと思います……」

そういうことか。草野球でたまたまホームランを打った小学生が、その気になってプロ選手に混じってバッターボックスに立ったようなものだったのだ。

「ということは最初から最後まで国士無双を狙っていたわけですか」

「はい。最初は全然ダメだったのですが、途中からどんどん端の牌が集まってきて、最後の最後でやっと聴牌できました。結果は残念でしたが、機会があればまたやりたいです。今度はお酒を飲んでないときにやりましょう」

国士無双しか狙わない初心者が熟練者相手に勝てるはずがない。馬場さんには二度と誘わないでくれと釘《くぎ》を刺しておこう。いや、馬場さんが子供の遊びみたいな麻雀を二度とするはずもない。それよりも訊いておきたいことがある。

「でも負けたらデートという条件によくＯＫをしましたね。行くと言ったら、本当に馬場さんとディズニーシーに行くつもりだったんですか」

「もちろんです。その日までに新たな情報を蓄えて、糖尿病を治療しないで放置する恐ろしさについて、さらにくわしく説明するつもりでいましたから」

当たり前のように毒島さんは言う。もし馬場さんが一緒に行けば、夢の国で悪夢のような体験をしたわけだ。

目的地まで半分ほどの距離を歩いたが、爽太はまだ訊きたいことを毒島さんに訊いていなかった。その日、爽太はある悩みを抱えていた。薬ならぬ毒に関する悩み事だ。しかし今回に限って毒島さんに直接訊くことはできない。さて、困った。どうしよう。爽太は心の中でため息をついて、元凶の男——影山のことを思い浮かべた。

＊＊＊

影山がホテル・ミネルヴァに現れたのは、麻雀をした二日後のことだった。

「今日は夜勤明けですよね。ちょっとお話ししたいことがあるんですが、あがったら一緒に飯でも行きませんか」

正午の少し前にフロントを訪れた影山は、ニコニコと笑みを浮かべながらそんな台詞を口にする。

「どうして俺のシフトを知っているんだよ」連絡もなく現れた影山に、爽太はムッとしながら返事をした。

「馬場さんに聞きました」

「聞いたっていつ？」

「あの後、一緒に麻雀を打ちながら」

まあ、そんなことだろうと思ったけど、と爽太は声には出さずに呟いた。

「俺に話はないけれど」

「そう言わずに行きましょう。水尾さんを見込んで話をしたいことがあるんです」

毒島さんに関係のある話です、とフロントに身を乗り出して小声で言う。

なんだよ、それは、と思ったが、仕事中なので問い詰めることはできない。

「十二時を過ぎたらあがるから、その後ならいいけれど」仕方なく返事をした。

「ありがとうございます。どうめき薬局の前の〈風花《かぜはな》〉という喫茶店にいますから」

影山はそう言い残してホテルを出て行った。

――なんだ。あいつ。一方的に。

相手の懐に入り込むのがうまい奴だと思ったが、今の態度は馴れ馴れしいを通り越して図々しいものだった。待ち合わせに風花を指定したのも、毒島さんがどうめき薬局に勤務していると知ってのことだろう。麻雀の最中にそこまでの話はしていないから、それも馬場さんから聞きだしたということか。

毒島さんに関係のある話を、どうしてあいつが自分にするのだろうか。あまりいい話だとは思えなかった。といってすっぽかすのも逃げたようで癪《しゃく》だった。せめてもの意思表示として、爽太はわざと遅れて風花に行った。影山は窓際の席で待っていた。通りの向こうにどうめき薬局が見える位置だ。

「お疲れ様です。何か食べますか。ナポリタンが美味《おい》しそうですよ」

そんなことは知っている、という言葉を飲み込んで、「飯はいいよ。あまり腹は減ってない」と爽太は言った。腹は減っていたが、影山の前で食事をしたくない。爽太はコーヒーを注文した。

「じゃあ、俺も飲み物だけでいいかな」

影山の前には半分ほどに減ったクリームソーダがある。

「それとも場所を変えますか。早稲田に安くて美味《うま》い焼肉屋があるので、もしよければそっちに移動しましょうか」

「いいよ。そんなことはしなくても。それより早く本題に入ってくれよ」ぶっきらぼうに返事をする。

「わかりました。じゃあ、単刀直入に訊きます」影山は両手を膝に置く。

「水尾さんは毒島さんとつきあっているんですか」

やはりそういうことか。爽太は顔をしかめて、「つきあってないよ。つきあっていれば麻雀の勝ち負けでデート云々《うんぬん》という話にはならないだろう」とそっけなく言った。

「やはりそうですか。そういう気はしていましたが、本人に確認しないと正確なことがわからないので」

「それこそ馬場さんに訊けばよかっただろうに」

「訊きましたよ。そうしたら俺は知らない、知りたければ本人に訊けと言われました」

馬場さんなりに気を使ってくれたのか。

「俺に訊きたいことはそれだけか」

爽太は運ばれて来たコーヒーに砂糖とミルクを入れながら訊いた。

「いえ。本題はこれからです。つきあってないけれど、今度デートには行くわけですよね。それにはどういう意味がありますか」

「どういう意味って言われても……なんだか答えづらい質問だな」

「馬場さんのおせっかいで仕方なく行くのか、自分の意思で行きたいと思っているのか、あるいはもっと別の理由があるのか、それを教えてもらいたいんです」

影山はじっと爽太の顔を覗き込む。

「……個人的なことだからその質問には答えたくないな」爽太は答えをはぐらかした。

「うーん、まあ、そういう答えになりますよね。じゃあ、僕もはっきり言います。毒島さんに興味を持ちました。水尾さんと毒島さんが正式につきあってないのなら、僕は彼女に交際を申し込もうと思うのですが、それについてはどう思いますか」

ほら、きた、と爽太は唇を嚙みしめた。やはりそういう話になるわけだ。

「交際を申し込むことは自由だよ。いちいち俺に断ることはないさ」ざわつく気持ちを抑えて返事をした。

「それはそうですが、お二人がデートをすることを知っているわけですし、一応お断りしておくのが筋と思ったので」と影山は悪びれることがない。

「好きにすればいい。つきあうかつきあわないかを決めるのは彼女なんだから」

コーヒーカップを持ち上げようとして、指先が震えているのに気がついた。みっともないぞ。スプラテロールを飲んでいるわけでもないのに、と心の中で自分に突っ込んだ。

「ところで君は何歳なんだい」訊かれてばかりで癪なので、爽太は逆に質問した。

「二十二です」と影山は言った。

「水尾さんと同じく彼女より年下です。毒島さん、年下の男はどうなんですかね。交際相手として真剣に考えてくれますかね」

「さあ、どうだろう。相手を年上か年下かで分けて考えることはしないと思うけど」

「水尾さんが言うならその通りなんでしょうね。思うんですが、毒島さんってけっこう隠れ美人ですよね。メイクもファッションも地味ですけど、顔立ちは整っているし、スタイルもよさそうに思えます」

毒島さんは実は大学時代に薬科大学のミスコンテストで準優勝している。しかしあえて言う必要もないので黙っていた。

「見た目が好みだから交際を申し込むのかよ」爽太は嫌味を込めて質問した。

「もちろんそれだけじゃないですよ。美人でスタイルがいいことに加えて、行動も恰好いいじゃないですか。飲み屋で助けてくれたこともそうですし、麻雀のときの打ち方も痺《しび》れました。最後の最後で国士無双を聴牌して、もう一歩で馬場さんをやっつけられたのに、あれは実に惜しかったと思います」

それが交際を申し込む理由なのか。爽太は釈然としない気持ちでコーヒーを飲んだ。

「そんな理由じゃダメですか」

爽太の考えを察したのか、影山が訊いてくる。

「ダメとかいうことじゃないけれど」

「なんだか納得してなさそうですね。わかりました。それじゃあ水尾さんに敬意を表して、僕の出す問題に正解したら、毒島さんに交際を申し込むことを諦めてもいいですよ」突然にそんなことを言い出した。

「なんだよ。それ。冗談でもそんなことは言わない方がいい」

「冗談ではなく本気です」

「本気ならなお悪い。交際を申し込むと言ったり、諦めると言ったり、いったい君の本心はどこにあるんだい。それとも俺をからかっているだけなのか」段々と腹が立ってきた。

「からかってはいません。正直な気持ちを言っているだけです。毒島さんに好意を抱いているのは事実ですが、実際につきあうとなったら大変そうなので、水尾さん次第で諦めてもいいと思ってます」

「なんだか偉そうな物言いだな。つきあうとなったら大変そうとか、どういう意味で言っているんだよ」

「深い意味はないです。年上で理系の女性とつきあったことがないので、実際につきあうとなったら大変かなと思っただけです」

「それならやめればいいだろう」

「でもなんか憧れるんですよ。だからどうするかを、水尾さんの行動に委ねようかと思ったんです」

「意味がわからない。なんでそんなことをしなくちゃならないんだよ」

「この前の麻雀って、病院での再検査とデートを賭けた馬場さんと毒島さんの勝負だったじゃないですか。あれを見ていて羨ましかったんです。僕もあんな勝負をしてみたい。そう思ってこの方法を考えつきました」

交際を申し込むのは影山の勝手だし、そもそも毒島さんがこの男の申し出を受け入れるとは思えない。九九％の確率でふられるだろう。こんな話、無視しても構わないと思いながら、もしかすると、という気持ちも拭えない。

平山と長谷川さんのことを思い出す。学生時代の同級生の誰も、あの二人がつきあうとは思っていなかった。世の中、何が起こるかわからない。一％の確率だとしても毒島さんがＯＫしてしまう可能性もある。

「その問題だけど、君の得意分野、たとえばミステリー関係だったら俺に解けるはずがないけれど……」ととりあえず訊いてみた。

「もちろん毒島さんがからむ以上、問題は薬、いや毒の知識に関することですよ」

影山はにこにこしながらテーブルの上で手を組んだ。

「あの後、麻雀をしながら馬場さんから水尾さんのことも聞いたんです。毒島さんと知り合ってから、水尾は薬に興味をもって、いろいろと小難しいことを言うようになってきた、近所のクリニックの不正行為をマスコミに情報提供したのはともかくも、俺の健康診断の結果にまで口を出してくるのでうるさくてかなわん、と愚痴ってました」

　あっ、うるさくてかなわんというのは冗談だと思います、本気で嫌がっているようには思えませんでしたから、と影山は言い足したが、爽太はそんなことは気にかけていなかった。

「ということは君も薬に興味があるわけか」

「僕の興味は面白いミステリー小説を書くことにあります。そのために薬物について調べたことがあって、過去に実際にあった保険金殺人を問題にしたいんです」

　保険金殺人というとニュースで見た睡眠薬や練炭を使った事件が頭に浮かぶ。しかしそれを言うと、影山はかぶりをふった。

「そんな最近の事件じゃありません。僕が問題にしたいのはもっと昔、三十年以上前の事件です」

　影山の説明する事件のあらましはこうだった。

　結婚してまだ一年も経っていない女性が夫と南の島に旅行中に突然倒れて死亡した。外傷はなく、医師の見立ては心臓麻痺。警察も調べたが事件性はないと思われた。しかし女性には多額の保険金がかけられていた。夫は再婚で、前妻も同じように突然倒れて亡くなっていた。妻の親族がマスコミに訴えたことで、保険金目当ての殺人ではないか、という疑惑が世間に広まった。

世論に押されて警察が捜査に着手した。病院に保管してあった妻の血液を詳細に調べるとアコニチンが検出された。アコニチンとはトリカブトという植物に含まれる毒物だ。男はガーデニングを趣味として、自宅の庭には何種類ものトリカブトが植えられていた。

「トリカブトを飲ませて男が妻を殺したというわけか」

「マスコミも世間もそう考えました。でも警察は逮捕に及び腰でした。アコニチンは即効性の毒なんです。飲めば即座に効果があらわれる。しかし女性が倒れたとき、夫はそばにいませんでした。急な仕事が入ったと言って、飛行機で東京に帰る途中だったんです」

その旅行には妻の妹も一緒だった。ホテルのレストランで三人で食事をした二時間後に、妹と一緒に泊まっていたホテルで妻は倒れたのだ。

「わかった。その男は妻の常備薬とか化粧品にトリカブトの毒を仕込んでいた。夫がいなくなってからそれを使ったことで毒が利いたんだ」爽太はすかさず言った。

「違います」影山は即座に否定した。

「食事の後は何も口にしてはいないし、化粧直しなどもしていないと妹が証言しました。殺害方法を当てる推理ゲームではないので結論から言いますが、男は食後のコーヒーにこっそり毒を混ぜていたのです。しかし妻が倒れたのはそれを飲んだ二時間後。

水尾さんにはそのトリックを解き明かしてほしいのです」

「実際にあった事件というけれど、結局その男はどうなったんだ」

「逮捕されました。ただし警察はかなり苦労した様子です。殺害方法を明らかにしないと裁判で勝てない。鑑識課員が総動員で捜査にあたり、難渋した末にトリックを見破ったという話です」

　警察もすぐには見抜けなかったトリックということか。

「すぐに考えつくのはカプセルに入れて飲ませたということだけど」

「それも違います。男は毒をこっそりコーヒーに入れて妻に飲ませました。トリックは物理的なことではなくて、薬学的なことでした」

　そう言われると、それ以上の考えは浮かばない。

「いますぐに答えを出せとは言いません。答えがわかったら連絡をください。そのときに会って話を聞きます」と影山は楽しそうに言う。

「わかっているとは思いますが、ネットで当時の記事を調べたり、毒島さんや他の薬剤師さんに直接聞くのは反則ですよ。妹が男とつながっていたとか、レストランのスタッフに共犯がいたということもないですし、飛行機に乗って東京に帰ったと見せかけて、実はその島に滞在していたということもありません。薬の知識を持っている人にとっては、ある意味、単純なトリックだと思います」

「もしかして君は俺を買いかぶってないか。毒島さんと話をしていると言っても、俺の知識は素人に毛の生えた程度だぞ」

「ええ。それで構いません。基本的な知識を組み合わせれば答えに至ります。ひとつヒントを出しますね。男は先物取引で借金を抱えていました。その返済を迫られて犯行に及んだということです」

「それのどこがヒントになるんだよ」

「それを言ったらヒントがヒントじゃなくなります。水尾さんが正解したら約束の通り毒島さんに余計なちょっかいは出しません。僕に彼女を諦めさせるためにも頑張ってください」

影山はにこにこしながら本を数冊取り出しテーブルに置いた。

「アコニチンの基本知識はこれで調べてください。事件に言及しているサイトもあるのでネットで調べるのは禁止です」

なんだか面倒なことになったぞ。爽太は本を取り上げパラパラめくった。

「最低限の知識を調べたり、薬剤師以外の人に訊いたりすることは許してくれよ。本当に何の知識もないんだから」

「いいですよ。そこは水尾さんの良識にまかせます。期限はとりあえず十日としましょうか。もしそれでは足りないというなら連絡ください。再考しますから」

スマートフォンの通信アプリのアカウントを交換すると、じゃあ、また、と影山は席を立って帰って行った。その後ろ姿を見送りながら、変な男だ、と爽太は思った。いったい何をしたかったのか。本当に毒島さんが好きなのか、それとも他に目的があるのか、よくわからない。

とりあえずテーブルに置かれた『毒について』という本を取り上げた。ページをめくってトリカブトの毒の項目に目を通す。

トリカブト――キンポウゲ科トリカブト属の多年草。

日本などユーラシア大陸が原産で、世界に約三百種、日本には三十種が自生している。ドクウツギ、ドクゼリと並んで日本三大有毒植物とされている。学名 Aconitum は、そのままアコニチンという毒物の名前となる。根、葉、茎の順に毒性が強く花や蜜、タネにも毒がある。アコニチン系アルカロイドのアコニチンやメサコニチンは、現在知られている限り植物界で最強の猛毒である。体内のナトリウムチャネルに結合し、細胞活動を停止させる麻痺作用がある。ヒトの致死量は三〜四㎎。摂取すると嘔《おう》吐《と》・呼吸困難・臓器不全などの症状が出る。摂取後数十秒で死に至ることもある即効性の毒物で、特効薬も解毒薬も存在していない――。

強い毒をもつ植物ということは理解できたが、それ以上のことはよくわからなかった。

次にナトリウムチャネルを調べてみたが、〈イオンチャネルを形成する膜タンパク質で、ナトリウムイオンの細胞膜の透過を担う〉という最初の説明文からしてわからない。ではイオンチャネルが何かというと、〈膜に存在するタンパク質で、刺激に応じて開閉しイオンが通過する小孔を形成する〉らしいのだが、それがトリカブトの毒とどうつながるのかは不明だった。

爽太は考えるのを諦めた。問題を解くのに明確な期限があるわけではないし、そのうち暇になったときに考えようと思い、そのままいつの間にか忘れてしまった。

＊＊＊

思い出したのは毒島さんとのデートの朝、つまり今朝だった。影山からＳＮＳで連絡が来た。

『二番目のヒントです。男はガーデニング以外に釣りが趣味でした』

ああ、そういえば、と思い出して、爽太は思わず舌打ちをした。忘れたままなら問題はなかった。しかし思い出して事情が変わった。喉の奥に刺さった小骨のように、その問題が朝から爽太を悩ませた。なんだって今日になってこんなヒントを送ってくるのだろう。もしかして今日がデートと知って嫌がらせをしているのか。腹が立ち、正解を導き出して、これ以上ちょっかいを出すな、と叩きつけてやりたいと考えた。

そういうわけで毒島さんとのデート中も爽太は悩んでいた。直接訊くのは反則なので、それとなく訊いてみたいと思うのだが、どう話を切り出していいかわからない。

とりとめのない話を続けるうちに目的地が見えてきて、爽太はこっそりとため息をついた。

2

JR目黒駅から権之助坂《ごんのすけざか》をくだり、大鳥《おおとり》神社の横の坂を上った先に目的地はあった。

目黒寄生虫館《めぐろきせいちゅうかん》。

その名の通り寄生虫に関する研究、展示、標本、収集などを行っている寄生虫専門の博物館だ。六階建てのビルのうち一階と二階が展示室となっている。標本の展示と説明がメインだが、広さは学校の教室ほどで、普通にまわれば見終わるのに十五分もかからない。爽太が一人で来たなら、たぶん十分かからず見終えたことだろう。しかし毒島さんはその場所に一時間以上いた。

ひとつひとつの標本をじっくり見定め、説明文も丹念に読み込んでいく。

日曜日の昼間だったが来訪者はさほど多くない。学生風の若い男、中高年の夫婦、それに外国人らしきカップルがいるくらいだ。黒い陳列棚に標本用のガラス瓶が整然ていた。しかしホルマリン漬けにされているのは人間や獣、魚にとりつく寄生虫なのだ。条虫、回虫、吸虫といった分類の説明文を読んでいると、奇怪な形態の生物がいろいろな生き物の体内に潜んでいる様子が想像されて、次第に気持ちが重くなってくる。

哺乳類のみならず、爬虫《はちゅう》類、鳥類、魚類、昆虫、両生類に甲殻類、この世に生きとし生けるものすべての体内に寄生虫はいる。なかでもカタツムリに寄生して、触角を芋虫のように変形させてしまうロイコクロリジウムという寄生虫が不気味で怖かった。

カタツムリは普通鳥に見つからないように、葉の裏などに隠れているが、この寄生虫の幼虫に寄生されると、葉の上の方に移動するようになるそうだ。

触角が芋虫のように膨らんだカタツムリは、鳥に見つかりやすくなって捕食される確率が高くなる。そうやって寄生虫は栄養豊富な鳥の体内に移動して、そこで成虫になって卵を産む。卵は鳥の糞《フン》とともに排出されて葉の上に付着する。それをまたカタツムリが食べることで、ロイコクロリジウムはまたカタツムリの体内に侵入するわけだ。

平和な生き物の代表のようなカタツムリの体内で、こんな気味の悪いことが起こっていたとはなんとも不気味なことだった。実は人間も自分の意思で行動しているのではなく、体内の寄生虫の命令で行動しているのではないかという気にもなってくる。

そして毒島さんは爽太以上に熱い視線をさらにグロテスクな寄生虫ひとつひとつに向けていた。

「面白いですか」

ロイコクロリジウムの前を離れた爽太が訊くまでもない質問をすると、「はい、すごく」と毒島さんは答えた。

「これを見てください」とある説明文を指さす。

「腸管に寄生する寄生虫が免疫反応を変化させることで、免疫の異常やエラーによって起きる病気が抑制されることはこれまでにも知られてきました。だけど最近になって寄生虫を使って肥満を抑制する研究がなされているらしいんです」

「あっ、その話は聞いたことあります。サナダムシをわざと寄生させて栄養を吸い取ってもらうってダイエットですね」

ダイエットに関する民間療法をネットで調べたときにそれを知った。アメリカやヨーロッパで流行《はや》ったことがあり、サナダムシの卵はネットで販売されてもいたそうだ。

しかし毒島さんはかぶりをふって、

「サナダムシを使ったダイエットは、アメリカのセレブの間でも一時流行ったそうですが、リスクもあるため今は法律で禁止されているようです。最近、それとは別の研究発表があったんです。ある種の腸管寄生蠕虫《ぜんちゅう》をマウスの小腸に寄生させると、腸内細菌のバランスに変化が生じて、ノルエピネフリンを分泌させる腸内細菌が優位に増加するというのです」

ノルエピネフリンとは神経伝達物質であり、増加すると交感神経が活性化して、脂肪が燃焼しやすくなるらしい。腸内には約一千兆の腸内細菌が住んでいて、その生体の恒常性維持に重要な役割を担っているという。

「こういった研究が進めば、将来的には寄生虫を使って腸内環境を整えることで、肥満や脂質異常症、糖尿病の治療を行う日がくるかもしれません」

毒島さんは目をきらきらさせて言葉を続ける。

「線虫を使って癌にかかっているか否かを検査する方法は、まもなく実用化されるようですね。検査に使われる線虫は動物に寄生するものではないようですが、目に見えない生き物の力を利用することで、人の健康を守っていく研究が進むことはとても喜ばしいと思います。人間の歴史とはある意味、病気をどう克服していくかの歴史です。発症する前に病気の芽を摘むことができれば、人々の暮らしはもっと便利で心地よいものになっていくでしょう」

寄生虫の標本の前で毒島さんは満足そうに頷いている。

ふと考えた。これはチャンスかもしれない。例の問題を解くための話に展開できるかも。

「たしかに人間の歴史は病気との戦いですね。でもそれは体に害をなす毒との戦いとも言えませんか。毒を避けて、薬となるものを効果的に取る。それを効果的にできたから、人間は他の生き物に先んじて、ここまで繁栄を迎えたわけですし」

前に読んだ毒と薬の歴史の本を思い出しながら、爽太は話をそちらにもっていく。

「よくご存じですね。でも毒と薬という言い方は人間の都合によるものです。あらゆる生薬には化学成分が含まれていて、それを摂取すると動物の体には化学反応が起こるのです。その反応が人間に利益をもたらすものならば薬と呼んで、害をもたらすものなら毒と呼ぶわけです」

たとえばトリカブトという植物がありますが、と毒島さんが言葉を続けたので、爽太はぎょっとした。影山の問題のルール違反になるかもしれないと思ったが、止める間もなく毒島さんは言葉を続けた。

「母根を乾燥させたものを烏頭《うず》といい、子根を乾燥させたものを漢字でこう書きます」

毒島さんは空中に指で『附子』と書いた。

「面白いのは、毒薬の場合はその漢字を〈ぶす〉と読み、薬用の場合は〈ぶし〉と読むことです。これは古来より人間がその両方を生活に利用してきたことの証しです。毒薬としては狩りの矢毒、薬としては弱毒化して強心剤や鎮痛剤として使われてきた歴史が、同じ漢字に二つの読み方を残したということですね」

トリカブトの附子は漢方薬として広く使われているそうで、真武湯《しんぶとう》、芍薬甘草附子湯《しゃくやくかんぞうぶしとう》、八味地黄丸《はちみじおうがん》など附子の生薬が含まれている漢方は多数あるそうだ。

しかし爽太は弱毒化という言葉の方に気を取られていた。毒を弱めて飲ませれば、効果が出るまでタイムラグを作ることができるだろう。自分で辿り着いた答えではなかったが、聞いてしまったものは仕方ない。そもそもトリカブトの話題を持ち出したのは自分ではないし、それは事故みたいなものだと影山には説明しておこう。

「たとえばの話ですが、トリカブトの毒を弱めて飲ませれば、計画的で証拠の残らない完全犯罪を行えるということになりますか」と念のために訊いてみた。

「完全犯罪ですか」毒島さんは妙な顔をした。

「いや、ほら、麻雀をしたときに、誰にも気づかれずに人を殺せる毒はありませんか、と影山が言ってたじゃないですか。トリカブトを弱毒化すれば、それが可能かなと思ったんですが……」と爽太は誤魔化した。

「理屈としては可能かもしれませんが、実際に行うことは難しいですね。漢方薬の知識と実践経験がないと無理だと思います。そもそも弱めた毒を飲ませれば、効果が弱くなって死に至る危険性は少なくなるでしょうし」

そうか。毒が弱ければ飲んでも死なないということか。どうやらこの考えはダメらしい。もう一度最初から考えよう。

「あの、基本的なことを訊いてもいいですか」

「何でしょう」

「どうして薬って効くんですか。その仕組みについて教えてもらえませんか」

「そうですね。ざっくりした説明でよければできますが」

「それでいいです。教えてください」

「わかりました。では」

歩きながら毒島さんは咳払いをして、

「代表的な例で言いますと、薬が細胞の表面にある受容体《レセプター》と結合して細胞の反応を引き出すためです」と言った。

「飲み薬の場合、食道から胃を通り、小腸に届いて血管に吸収されます。そこから肝臓を通り、血流に乗って体内を循環する中で患部に届きます。辿り着いた薬の多くは患部の受容体と結合します。そこで細胞の反応を引き出すことで、効き目となってあらわれるのです。体の中には細胞に命令を伝える伝達物質があって、それが受容体と結合することで指令が細胞に伝わります。これは鍵と鍵穴のような関係で、薬はその仕組みを使用して作られた合い鍵のようなものといえるでしょう。ひとつの細胞の表面には多数の受容体が存在して、薬はその中から必要な受容体を選択して結合します。その際、神経伝達物質やホルモンのように細胞を活性化させる物質を作動薬といい、逆に結合しても作用をあらわさず、神経伝達物質やホルモンの働きを阻害する物質を拮抗薬といいます。気管支ぜんそくの発作を抑えるβ作動薬は、交感神経の$\beta 2$受容体と結合して気管支を拡張させる作動薬で、アレルギー反応を抑える抗ヒスタミン薬はH1受容体を占領して、ヒスタミンがH1受容体と結合するのを防ぐ拮抗薬というわけです」

受容体という言葉はスプラテロールを調べたときに記憶した覚えがある。薬とは受容体に結合する性格をもった物質ということか。

「ということは、薬は作動薬か拮抗薬のどちらかの性格を持っているわけですか」

「そう単純な話でもありません。一〇〇%生体反応を引き出す作動薬に対して、生体反応の一部分だけを引き出す物質もありますし、受容体を抑制するように刺激する物質もあります。これは拮抗薬よりも強力に受容体を阻害するもので、拮抗薬では抑えきれない作用を抑える性質があるものです――」

一通り話を聞いたが、影山の問題の答えはわからなかった。それどころか答えを解くための方向性さえわからなくなってきた。次第にせっかくのデートなのに、どうしてこんなことで頭を悩ませなくてはいけないのかと疑問が湧いてきた。

「ありがとうございます」爽太は礼を言って話を締めくくった。もうやめよう。これ以上、影山に邪魔をされるのはうんざりだった。

「駅まで戻って昼食を摂りましょうか」と一階ホールに続く階段を下りる。標本棚の前には外国人のカップルがいて、アニメのパンフレットを開いて、展示されている標本と見比べていた。通り過ぎようとしてふと足を止めた。アニメのパンフレットの表紙に描かれたキャラに見覚えがある。『世紀末大戦ヴァンダリオン』だ。なるほど。たしかに外国人にも人気があるようだ。

爽太の視線に気づいて、毒島さんもそちらに目をやった。そして「……懐かしいですね」と呟いた。

「アニメ観るんですか」意外に思ってそう訊いた。

「小学生の頃に観ていました。兄が毎週欠かさず観ていたので」

そうだった。毒島さんには兄がいる。アニメがテレビで放映されていたのが九〇年代半ば。その後で再放送が何度かされている。年代的に二人が観ていたのはそちらの方だろうか。

「根強い人気があって、その後に映画化されたことは知っていましたが、今になってまた流行っているんですね」毒島さんは懐かしそうに呟いた。

広げられたパンフレットの表紙にはザ・ミュージアムという記載があった。渋谷にある展示ホールの名前だ。スマホで調べると原画展をやっているらしい。

「食事をしてから行ってみましょうか」

爽太が誘うと、毒島さんは少し首をかしげてから頷いた。

「そうですね。たまにはそういうところに行くのも面白いかもしれません」

3

日曜日の昼過ぎ、渋谷の人混みはすごかった。チケットを買うのに三十分待ち、中に入ってからも身動きできないほどの人がいる。閑散とした寄生虫館と比較すると、人口密度は何倍にもなるだろう。意外だったのは来訪者の年齢層が高めということだ。アニメの原画展ということで若者が多いだろうと思ったが、三十代から四十代、あるいはもっと上の世代までと幅広い。さらには外国人も多かった。日本のアニメが海外で人気があるという話は本当らしい。

人混みに流されながら、順番に展示物を見てまわる。特に毒島さんが足を止めて見入っていたのは、宇宙から飛来する幾何学的な形状の生命体だった。

「これは実際に存在する数種類のウイルスの特徴を組み合わせた形をしていますね。子供の頃は気づきませんでしたが、いま見るとよくわかります」と納得したように頷いている。

小星型十二面体と、繭《まゆ》のような形状の多層構造の合成物のフィギュアを見入っている。

展示品を見るうちに爽太も次第に興味を惹かれてきた。学生時代に平山の話を聞いてもさほど心は動かされなかったが、こうして見ていくとキャラクターも話の内容も面白そうだという気になってくる。帰ったら動画配信サービスで視聴できるか探して見てみようかなと考えた。

混雑しているせいでゆっくり見ることはできなかったが、とりあえず来て正解だった。

「化粧室に行ってきます」

展覧会場を出たところで毒島さんは言った。

通路の先にある洗面所に歩いていく。女性用は混んでいるらしく列が外まで続いている。時間がかかりそうなので、少し離れた場所に移動した。そこは入口に向かう通路に近く、これから原画展を見ようという人が列になって歩いてくるのが見える。平山に似た男性を見つけて、はっとした。しかし近くに来ると別人とわかった。

そうか。もしかしたら平山と梨乃が二人で来るかもしれないな。最近はアニメの話はしないと言っていたが、いさかいがあって仲直りしたこのタイミングなら、昔を懐かしんで来るかもしれない。爽太は歩いている二十代くらいのカップルの顔に目を凝らした。しかし平山も梨乃も見つからない。

まあ、そうだよな。仮に来ても、今日のこの時間に来るとは限らないし。

そのとき梨乃とはまるで別の雰囲気の女性に目が留まった。ショートカット、アイラインもチークも濃い目で、マントのようなコートと編み上げブーツという格好だ。来場者の中には登場するキャラのコスプレ風の服装をしている男女も混じっている。そんなファンの一人らしいが、しかしどことなく見覚えがあるようだ。

誰だろう——。爽太は首をひねった。

横には男性の姿がある。その顔を見て驚いた。マイケル藤森だ。喋りながら歩いてきた二人は、爽太のすぐ横で歩みを止めた。マイケル藤森が女性に何かを囁くと、トイレの方向に歩き出す。女性はその場にとどまった。

爽太は固まった。ここでマイケル藤森を捕まえて、代金を払うように言うべきか。しかし毒島さんがいる。どうしよう。焦って考えながら一緒にいた女性の顔を見る。

「あっ」

見覚えがあるはずだ。服装やメイクが普段と違うので分からなかったが、くるみだった。

「水尾さん?」くるみも爽太に気がついた。

「——奇遇だね。こんな場所で会うなんて」

マイケル藤森の部屋にはこのアニメに影響されたらしきメモがあった。展覧会を見に来たことは不思議ではないが、しかしくるみがそこに一緒に来るとは。

「違うんです。誤解しないでください」

　くるみは慌てて言い訳をはじめた。

「彼、未納の料金を払う気はあるんです。でも今後の生活のために自由になるお金が少なくて、それでどうすればいいだろうって、私のＳＮＳに連絡があったんです。それで相談に乗っているうちに、ここで展覧会があることを教えられて――。相談に乗ってくれたお礼に一緒に行こう、そのときにお金をどう返すかを説明するよって言われたんです。つきあっているわけではないですから、そこは間違えないでくださいね」

　くるみは早口で一気に言った。雰囲気的にデートではないという言い訳は通らないと思うが、それを言っても仕方ない。

「わかった。誰にも言わないよ。睡眠薬のことが気になっていたんだけど。見たところ彼は元気そうだし、心配する必要はないんだね」

　自殺をする恐れはないんだね、という意味を込めて爽太は言った。

「それは私も気になったので訊いてみました。不眠症気味で、アメリカで飲んでいた薬を日本でも処方してもらったと言ってました。とても誠実でいい人なんです。お金を払わないことは問題ですけど、なるべく早く払ってもらうようにしますから――」

「お金のことは原木さんの責任ではないから、あまり深刻に考えなくてもいいよ」

　マイケル藤森が洗面所から出てくる姿が見えた。爽太は会話を切り上げ、「じゃあ

で入場していく。

マイケル藤森は爽太には気づいていないようだ。笑顔でくるみに近づき、二人でそのまま入口に歩いていく。チケットをあらかじめ買っていたようだ。そのまま列に並んで入場していく。

そこに毒島さんが戻ってきた。くるみとの会話を目にしたのだろう。「お知り合いですか」と訊いてくる。自分以外の女性と話をしていたことに嫉妬を感じている口ぶりではない。二人で出かけたが、毒島さんにとって自分は特別な存在ではないのだろう。もっともいまさらそんなことでがっかりしても仕方ない。

「ホテルの後輩です。男性と来ていたのですが、その相手というのがちょっと理由《わけ》ありで」

料金を払わずに逃げた外国からの宿泊客であることを明かした。

くるみには誰にも言わないと言ったが、それはホテルの人間には言わないという意味で、毒島さんはその中に含まれないと勝手に理屈をこねあげる。

毒島さんに話したのは、くるみにはああ言ったものの、よく考えてみるとそれでいいのかという気になったせいだ。くるみには料金を払うと言ったそうだが、本当に払うつもりなら責任者に事情を説明するのが筋だろう。それをしないでくるみに話をするのは、別の魂胆があるかもしれないと思ったのだ。

海外から来た観光客なのに希望の星クリニックで診察を受けて、睡眠薬三十日分を投薬してもらっていることをあらためて毒島さんに話した。前に狸囃子で方波見さんと刑部さんに話した内容だったが、毒島さんは熱心にふんふんと聞いている。やはりあのときは耳に入っていなかったようだ。

「それで三十日分の処方は多いですね」毒島さんは首をひねる。

「そうなんです。だから最初は自殺に使うのかと心配したくらいです」

「薬の名前は覚えていますか」

「マイレースです」

「マイレース……一般名フルニトラゼパム。ベンゾジアゼピン系の睡眠薬ですね」

方波見さんもベンゾジアゼピン系という名称を言っていた。

「薬について他に何か言っていたことがありますか」

「不眠症気味なのでアメリカで飲んでいた薬を日本でも処方してもらった、と彼女には言ったようですね」

「アメリカでも飲んでいた……。本当にその人はそう言ったんですか」

毒島さんの顔つきが変わった。薬剤師モードに切り替わったようで、目つきがいくぶん鋭くなった。

「はい。でも相手は日本語が話せないようですし、原木さんの英語力がどの程度のものかはよくわからないので、彼女が話を聞き間違えた可能性もありますが」

毒島さんは返事をしなかった。顔つきはさらに厳しいものになっていく。その顔を見て不安になった。最初に二人で会ったとき、爽太の叔父に迫る危機を指摘した顔だ。

「それって問題がある発言なんですか」

「英語を聞き間違えたのかもしれないなら断定はできません。でも……」と言ってから、毒島さんは眉間に大きなしわを作り、「いいえ。考えすぎかもしれません。そんなことで騒いでも、また大きなお世話で迷惑をかけるだけのことかもしれません」と呟いた。

「大きなお世話って何ですか」不思議に思って爽太は訊いた。

「とりあえずあそこに座りませんか」

毒島さんは少し考えてから空いているベンチを指さした。


「二週間くらい前のことですが……」

毒島さんは重い口を開いて、話をしてくれた。

その日、どうめき薬局に一歳半の幼児を抱えた母親がやってきた。処方箋にはガイアップ坐剤《ざざい》と記載されていた。ガイアップ坐剤は主成分がジアゼパム。中枢神経に作用して神経細胞の興奮を抑えて、痙攣の症状を改善する効果がある。幼児が高熱を出したときに熱性痙攣を起こすのを警戒して使用する薬だった。

　投薬のために毒島さんが番号を呼ぶと、母親は抱っこしていた幼児をベビーカーに乗せようとした。しかし幼児はむずかって母親の腕から離れようとしない。諦めたように母親は幼児を片手で抱っこして、空いている片手でベビーカーを押しながら投薬台にやってきた。

「お子さんの具合はいかがですか。熱は何度くらいありますか」毒島さんは訊いた。

「熱はないです」俯いたまま、小さな声で母親は答えた。

　一瞬、大きな『?』が頭の上に浮かんだ。

　熱がないのにどうして薬を処方してもらう必要があるのだろう。インフルエンザが流行っているのでその予防的な意味合いか。でもそれなら健康保険は使えない。

　毒島さんは迷った。規則に従うなら保険適用外だと医師に疑義照会をする必要がある。しかし疑義照会をすればさらに母子を待たせることになる。母親は疲れた顔をしていた。仕事柄、一歳から二歳くらいの幼児の扱いが一番大変なことは知っている。やむを得ない。ここは知らないふりで疑義照会はやめておこう。

　しかしそう決めるまでに数秒の間ができた。その間を自分に対する非難だと思ったのか、「飛行機に乗る予定があるんです。だから搭乗中に騒がないように薬をもらいました」と母親は早口で言った。

聞かなかったらそのまま渡していただろう。しかし聞いた以上、はい、どうぞ、と渡すことはできなかった。ガイアップ坐剤は抗ヒスタミン薬と同様、副作用に眠気がある。幼児に使えば、数時間は眠りにつくことになる。しかし副作用を目的に薬を使うことはできればしないでほしかった。医師が認めて処方箋を書いた以上、薬剤師がそれを拒否することはできない。しかしそれでも注意喚起をする義務はあるのだ。

「お子様を眠らせる目的でこの薬を使うことは薦められません。お医者さんが処方をされた以上はお出ししますが、アレルギー反応や重篤な副作用が出る危険性があるので、できることなら使わないで済むように配慮をしてください」

薬剤師としてそれは正しい態度のはずだった。しかしその母親は違った捉え方をしたようだ。顔をあげると毒島さんをにらみつけて、

「あんたにどうしてそんなことを言われなくちゃいけないの。赤ん坊を連れて飛行機に乗ることがどれほど大変なことかわかりもしないくせに、偉そうに言わないでよ！」とまわりが驚くほどの大声をあげたのだ。

「どこの小児科に行っても断られて、ようやくネットで見つけたお医者さんに出してもらったのよ！　こっちだって好きで子供を連れて飛行機なんかに乗らないわ。でもしょうがないじゃない！　家族の問題でどうしても行かなくちゃいけない理由があるんだから！　赤ん坊の頃から飛行機に乗るたびに子供がぐずって泣き続けるのよ。ま

わりからは白い目で見られるし、乗っている間ずっと身の置き所がなかったわ。もうそんな思いはしたくないと思ってこの薬をもらったのよ！　それを何よ。私が母親失格のような言い方をして！」

その剣幕に幼児が驚いたように泣き出した。

「もういいわ。こんな薬局には二度と来ないから。子供を産んだこともないのに偉そうにしないでよ！」母親は処方箋を取り返して出て行った。

「アメリカでは飛行機などに乗るとき、子供が騒がないように抗ヒスタミン薬を飲ませることがあるようです。日本でも車酔いを止める薬の一部には抗ヒスタミンの成分が含まれていますが、それを幼児に使うことは薦められません」

だから同じ効果の坐薬を転用したということか。

「その処方箋を出したクリニックってもしかしたら」と爽太は訊いた。

「希望の星クリニックです」毒島さんは頷いた。

「あの先生は日本で医師免許を取った後、すぐに渡米されて向こうで勉強したそうなので、そういう使い方をすることに抵抗がないのかもしれません」

文化の違いで、薬の使い方にも差が出るということらしい。

「水尾さんは薬の話に興味をもって、私の話を理解しようと努めてくれますが、誰もがそんな前向きな態度で薬剤師の話を聞いてくれるわけではありません。話はいいから薬だけ早くくれればいいと言われることもありますし、医者に話したことをどうしてまた薬局で話さなければいけないんだと怒られることもあります。伝えたいことがうまく伝わらずに残念な思いをするたびに、それでも薬剤師は患者に説明する義務があると思って頑張ってきました。でも今回のことでかなり気持ちが落ち込みました。だからもう大きなお世話は焼かないでおこうと思ったのです」

方波見さんが言っていたのはこのことか。

「患者に文句を言われるのは毒島さんでも堪《こた》えることなんですか。前によくあるという話を聞いていたから、割と平気なのかと思っていましたが」

「これまでは患者さんは簡単にはわかってくれないものだという前提で話をしていたので、文句を言われてもそれほど堪《こた》えませんでした。でも水尾さんと話をするようになって、筋道を立ててきちんと話せば、きちんと患者さんにも通じるのだとわかったんです。それはとてもいいことだったのですが、それで通じないことがあると、逆に自分のせいではないか、自分の説明が悪かったせいではないかと自分を責めるようになりました」

「患者に期待しすぎるとダメということですか。もしかして自分が毒島さんにいろいろと訊きすぎたせいでしょうか」

「いえ、それ自体は嬉しいんです。薬の話をするのは好きですから。自分の知識が誰かの役に立つのは、薬剤師として張り合いがあることです。ただ薬剤師と患者という関係から離れたところだと、どこまで話をしていいのか迷うところもあって……」

毒島さんは首を巡らした。そばに誰もいないことを確かめてから、

「マイケル藤森というアメリカ人男性は、原木さんという女性に嘘をついているかもしれません。言葉が違うことで生じた誤解ならいいですが、故意についた嘘なら女性に危険が及ぶ可能性があります」

「どういうことですか」

爽太は驚いて訊いた。宿泊代を払わず逃げたのだから善良な人間とは言い難いが、マイケル藤森がそこまで危険な人物とは思えなかった。

「アメリカではフルニトラゼパムは禁止薬物に指定されています。一般には販売されていない薬なんです」

禁止薬物と聞いても爽太にはぴんと来なかった。

「でも日本では普通に処方されている薬なんでしょう」

「そこが問題なんです」

と毒島さんがフルニトラゼパムに関する話を聞かせてくれた。その途中、くるみとマイケル藤森が肩を並べて展覧会場から出て来るのを見つけた。二人は話をしながら

エスカレーターをのぼっていく。それを見た毒島さんは「行きましょう」と言った。
「あの女性が心配です。大きなお世話かもしれませんが、念のために後を追いかけましょう」

4

その後、二人は映画館に入った。話題になっているアニメ映画のロングラン上映を観るようだ。「どうしますか」と訊くと、「入りましょう」と毒島さんは答えた。映画館は満席に近かった。出入り口に近い席が取れたが二人がどこの席にいるのかはわからない。首をすくめて見つからないように気を配る。すぐにCMと予告に続いて本編が始まった。

予想もしない展開で毒島さんと映画を観ることになったが、マイケル藤森とくるみが気になって、内容にはまるで集中できない。毒島さんから聞いた話が頭の中に蘇る。

フルニトラゼパムは脳の機能を低下させることで睡眠を催させる薬だが、効果は強く、使い方によっては依存症や離脱症状を引き起こすことがあるそうだ。即効性で、アルコールとの併用で健忘を引き起こす確率も高いため、犯罪に使われることも多いという。そのためにアメリカをはじめオーストラリア、シンガポールなどの国では所持が禁止されている。日本人がアメリカに持ち込むには、医師による薬剤証明書が必要になるそうだ。

「だからアメリカでも使っていたというマイケル藤森の言葉は明らかに嘘です。英語の会話で彼女が聞き間違えた可能性もありますが、そうでなかった場合、彼女は犯罪に巻き込まれるかもしれません」

「大変だ。それならすぐに引き留めないと」

　爽太は急いで前を歩くくるみを追いかけようとした。しかし「待ってください」と毒島さんに止められた。

「聞き間違いで彼に悪意がなかった場合、せっかくのデートが台無しになります。早まったことはしないで、もう少し見守りましょう」

　そう言われて、あらためて二人の様子を観察した。マイケル藤森の心情はわからないが、くるみの横顔に浮かぶ笑みは、仕事場で自分や馬場さんに見せるものとはまるで質が違っていた。それが恋愛感情なのかどうかはわからないが、嫌々とか、仕方なく一緒にいるわけではないようだ。こちらの早とちりで二人きりの時間を邪魔するわけにはいかないが、このまま見過ごすというわけにもいかない。

　それで映画館まで追いかけたのだ。

　映画が終わると爽太たちはすぐに外に出て、物陰に隠れて二人が出てくるのをこっそり待った。

仕事柄、ホテルのグレードについての知識はある。そこは国内資本のミドルクラスのシティホテルだった。レストランバーも最上階ではなく低層階にある。こういう店なら年若いくるみも抵抗なく入れるだろう。店の前に出されたメニューには、国内のコンクールで賞を取った〈ブルーオーシャン〉という名前のカクテルがお薦めと書いてある。毒島さんはじっとそのカクテルの写真を見つめている。

「どうかしましたか」

「悪用を防ぐために。フルニトラゼパムは液体に溶かすと青く染まるように加工されているんです。彼女がこのカクテルを頼んだら最悪の事態を考えなければなりません」

男性が女性の飲み物にこっそり睡眠薬を入れる。その先にどんな危険があるのかは訊くまでもない。

「私が先に入ります。二人から離れた場所に席を取るので、しばらくしたら来てください」毒島さんは一人で店に入っていく。

ディズニーシーに行くはずがとんでもないことになったな、と爽太は声に出さずに呟いた。

そもそもの話、マイケル藤森は胡散臭《うさんくさ》い男なのだ。人当たりと愛想の良さに惑わされたが、腹の中で何を考えているかはわからない。宿泊代を支払いたいという言葉だって本心かどうかはわからない。外国語を習得したいと思っている女性に巧みに取り入って、睡眠薬入りのドリンクを飲ませては犯罪行為を繰り返している恐れだってあるわけだ。

どうして最初に二人を見かけたときに、そこに気づかなかったんだろう、と爽太は自分自身に腹を立てた。普段とは違うくるみの様子に惑わされて、正常な判断ができなかったのか。一緒にいるところを見かけたときに、もっと注意をするように警告をするべきだったのに。

……待てよ。ここがホテルのバーということは。

爽太はスマートフォンを取り出し、ホテルのフロントに電話をかけた。

「宿泊客のマイケル藤森さんをお願いします」

「お待ちください……申し訳ありません。ただいま外出されております」

「わかりました。ありがとうございます」

やはり毒島さんの悪い想像が当たりそうだ。マイケル藤森はこのホテルに部屋を取っている。睡眠薬を飲ませた後で、くるみを部屋に連れていくつもりなのだろう。

そこに今度は影山からSNSで連絡があった。

『次のヒントです。【海の魔物にゃ手に負えぬ。山の仲間が殺《や》ってくれ】』

なんだ。これは。まるで意味がわからない。面倒なので無視することにした。

五分経ったことを確認して、店に入った。照明を落とした店内にはキャンドルを灯した二人掛けの円いテーブルが整然と並んでいる。待ち合わせであることを告げると奥の席に案内された。くるみとマイケル藤森は窓際の席にいた。爽太は下を向いて傍らを通りすぎた。二人は会話に夢中で爽太には気づきもしなかった。

毒島さんは壁際の席にいる。爽太は二人に背を向けた席に座った。毒島さんはノンアルコールのサングリアを飲んでいる。何かあったときに迅速に動けるよう配慮してのことだろう。爽太も同じ物を注文する。

「女性はやはりブルーオーシャンを頼んだようですね」毒島さんが言った。

爽太の位置から二人は見えない。マイケル藤森がこのホテルに宿泊していることを告げると、毒島さんの眉間に刻まれたしわがさらに深くなる。

「二人で話をしている間は問題ありません。何かあるとしたら女性が席を立ったときでしょう。飲みかけのカクテルに薬を入れられる恐れがあります。だから女性が席を立ったとき男性に不審な動きがあればこれで撮ります」

毒島さんはスマートフォンをテーブルに置いた。

「ベンゾジアゼピン系の睡眠薬は向精神薬《マルコウ》に分類されます。先ほども言いましたが使い方によっては依存症や離脱症状が生じることもあります。ちなみに昼間に話をしたガイアップ坐剤もベンゾジアゼピン系の化合物です」

「えっ」爽太は驚いた。「そんな薬を幼児に使って大丈夫なんですか」

「もちろん量は調整してあります。でも本来の使い方からは外れるものですし、予想外の副作用が生じる可能性もあります。だからまったく問題がないとは言い切れません」と毒島さんは言った。

「だから飛行機で眠らせるために使用するようなことは、なるべくなら避けてほしいと言いたかったのですが……」

「そういうことだったんですか。その説明を聞いて、毒島さんがその母親に本当に伝えたかったことがわかりました」

「母親がそこまでの知識をもっていて、それで使うというならこちらも何も言えません。でもただ眠くなるだけの薬と思って使い、それでもし事故が起きたなら――。それを考えると、黙っていることはできなかったんですが、こちらの意図を正確に伝えることは難しかったようです」

唇を噛む毒島さんに心の奥が痛くなる。なんとか慰めたいと思い、

「薬の知識を正しく伝えることは難しいですね。でも毒島さんの姿勢には頭が下がります。どんなときでも決して挫《くじ》けず、自分のするべきことを貫いて。社会人として見習うべき点が多いと思います」と言葉をかけた。

「そんなにたいしたものじゃありません。ただ自分がするべきことをしているだけです」

「自分がするべきことをきちんとするのは、実はとても難しいことなんだと思います。だから毒島さんは立派です。僕なんかが言うのは何ですが、諦めないでその姿勢を貫いてください」

爽太の言葉に毒島さんは目を瞬かせて、ありがとうございます、とうつむいた。

話の途中で爽太はあることを思いついた。

「あの、ふと思ったんですが、睡眠薬の効果を打ち消す薬ってないんですか」

「あります。フルマゼニルという薬ですが、ベンゾジアゼピン系薬剤による鎮痛や呼吸抑制を解除する効果があります」

「じゃあ、フルニトラゼパムを飲まされたと思ったら、すぐにそのフルマゼニルを飲めば目が覚めるんじゃないですか」

「フルマゼニルは注射剤です。手術後の麻酔からの覚醒などの目的で使われています」

「ああ、なるほど」

眠っている患者は薬を飲むことができない。だから注射剤としてあるわけか。

「昼間、作動薬と拮抗薬の話をしましたよね。ベンゾジアゼピン系の睡眠薬は作動薬です。ベンゾジアゼピン受容体を刺激して、神経伝達物質のＧＡＢＡ《ギャバ》の作用を強めることで催眠・鎮静作用をあらわします。フルマゼニルは拮抗薬でベンゾジアゼピン受容体を遮断します。そのためＧＡＢＡの作用が弱められ、催眠・鎮静効果が阻害されるわけです」

「他方が刺激して、他方が遮断するという関係ですか。じゃあ両方の薬を同時に使ったらどうなりますか」

「理論的にはお互いに効果を打ち消しあって、何も起こらないことになりますね。でも実際にはそれぞれの薬の量や代謝時間の差で、しばらくしてからどちらかの効果があらわれることになります」

――しばらくしてからどちらかの効果があらわれる。

その言葉にはっとした。

影山から届いたヒントが頭に浮かぶ。

男はガーデニング以外に釣りが趣味でした。

そして【海の魔物にゃ手に負えぬ。山の仲間が殺ってくれ】というヒント。

爽太はスマートフォンを手に取った。ネットでトリカブトに関する検索は禁止と言われたが、それ以外の毒物の検索をしてはいけないとは言われていなかった。

爽太はある単語を検索した。

――あった。

これが答えだ。

「女性が席を立ちました」

毒島さんの言葉に爽太はスマートフォンを置いて背中越しに振り返る。くるみが通路を歩いていくのが見えた。

「飲み物は半分くらい残っています。化粧室に向かったようだ。

毒島さんがスマートフォンを持ち上げた。動画の録画ボタンをオンにする。

「暗くてはっきりは見えませんが、飲み物に何かを入れた気配があります。マドラーを使ってかき回しています」

「完全にアウトじゃないですか。化粧室を出て来たところで彼女を捕まえて、彼女にあの男は危ないと伝えます」

そのまま店外に連れ出せば、くるみは危ない目に遭わずに済むだろう。しかし毒島さんに止められた。

「言葉だけで説明しても彼女は納得しないと思います。それに今回は無理に連れ出しても、また誘われたら同じ目に遭うでしょう。さらにいえばそれではあの男性を野放しにすることになります。手口からして常習者のように思えますし、放置すればまた同じことをするでしょう。アルコールにフルニトラゼパムを混ぜてこっそり飲ませるような行為は絶対に許せません」

キッとした顔で毒島さんは言った。アルコールを飲んでいないのに目尻がほんのり赤くなっている。是沢クリニックの院長に文句を言うために銀座に行ったときも、たしかこんな表情をしていたと思い出す。いや、今回はそれ以上かも。

ほどなくくるみが化粧室から戻ってきた。

「警察を呼びますか」

この状況で呼んでもどうにもならないと思いながらも、他に方法を思いつかずに爽太は言った。

「私に考えがあります」

「どうするんですか」

「細かい説明をしている暇はありません。大事なことはフルニトラゼパムは摂取後、一日から二日で代謝されて体外に排出されるということです。だから被害を受けたと知ったらすぐに警察に行って検査をしてもらうことが必要です」

「それは彼女が薬を飲まされるのを待って、その後に捕まえるということですか」

「そうはしません。私が飲みます」

毒島さんはすっくと立ちあがると、

「申し訳ありませんが、後のことは頼みます。絶対にあの男を逃がさないでください」

止める間もなく、毒島さんは颯爽《さっそう》と二人の席に歩いていった。そして席に戻ったくるみの前に立つと、「飲み物に手をつけてはいけません」と言った。

「あなた、誰ですか」

くるみは驚いて毒島さんを見上げている。

「この飲み物には薬が入れられています」

「どういうことですか……ちょっと意味がわからないんですが」

くるみが呆気に取られた声を出す。マイケル藤森も驚いた顔をして、何が起こったんだと英語でくるみに訊いている。毒島さんがマイケル藤森に何かを英語で言った。はっきりとは聞き取れなかったが、このカクテルにはフルニトラゼパムが入っている、と伝えたようだ。マイケル藤森は両手を広げて、大仰な仕草で毒島さんに抗議している。

周囲のテーブルにいた客の視線が集まって、ちょっとした騒ぎになりかけていた。ウェイターも何事かと目を向けている。こうなったら隠れている意味はない。爽太も席を立って、そちらに向かった。

「睡眠薬って証拠があるんですか」

マイケル藤森の言葉を代弁するようにくるみが言った。

「証拠はあります。これです」

毒島さんは手を伸ばすとくるみの前に置かれたグラスを取り上げた。そして天を仰ぐと一息にぐいっと飲み干した。

5

「そんなことがあったんですか」

影山が目をまるくした。

翌週の水曜日の午後二時過ぎ。ランチタイムが終わった風花の店内に爽太と影山はいた。店内には片手で数えられるほどの客しかいなかった。窓際の席に座ると、どうめき薬局の入ったビルの通用口が間近に見える。普段なら昼休みに毒島さんが出て来ないかと目をやるのだが、今日に限って気にする必要はなかった。彼女は救急搬送されたのち、大事をとって仕事を休んでいるからだ。

「それで、どうなったんですか」と影山が言った。

もちろん大変な騒ぎになった。

「何をするんですか」とくるみが大声を出し、ウェイターのみならずボウタイをつけたマネージャーらしき男性も飛んできた。毒島さんが彼らに事情を説明している間、マイケル藤森は周囲をきょろきょろ見まわし、席を立ってどこかに行こうとしていた。

爽太はその前に立ちはだかった。

「待ってください。未払いのホテル代のことで話があります」英語で呼び止める。

「水尾さん！　どうしてここにいるんですか」

爽太を見たくるみがさらに目をまるくする。

「偶然じゃないですよね。もしかして後をつけたんですか」

くるみの声には非難するような響きがあった。

「理由があるんだ。彼女は薬剤師だ。毒島さんという名前で、馬場さんとも知り合いだ」

くるみに説明する横で、毒島さんはマネージャーらしき男性に、「警察を呼んでください」と訴えている。

「話を聞く限りでは不法行為をしたのはお客様のように思えるのですが、本当に警察を呼んでもいいのですか」

マネージャーは困惑していた。客観的に見れば、この場で非があるのは明らかに毒島さんだった。

「勝手に飲み物を飲んだことは悪いと思います。でも緊急事態だったんです。このドリンクに薬が入っていると訴えても、グラスをひっくり返されたらそれで終わりです。そうさせないためにわざと私が飲んだのです。このカクテルの代金は私が払います。だからすぐに警察を呼んでください」

隙あらば逃げようとするマイケル藤森をけん制しながら、爽太はくるみに説明していた。

「マイレースの成分であるフルニトラゼパムは、アメリカでは禁止されている薬なんだ。彼がアメリカで使っていたという話は嘘なんだよ。そんな薬を三十日分も処方してもらったこと自体がおかしいと思って、それで心配になって後をつけたんだ」

毒島さんが飲んだのは君の体を心配してのことだ、このまま十分か十五分待てば答えが出る、もし間違いだったら責任をもって彼に謝る、だからとりあえず様子を見てほしい。爽太がそう言い募ると、くるみは考え込むような顔になってきた。

落ち着きなく動き回って、どこかに行こうとしているマイケル藤森の様子を見て、自信がなくなってきたようだ。

「本当ですね。何もなければ本当に彼に謝ってもらえますね」

「約束する」

しかし十分も待つことなく毒島さんの様子がおかしくなってきた。欠伸を繰り返し、まばたきの数が多くなってくる。ついには体が揺れて、床の上にへたり込みそうになる。

「お加減が悪いのですか」

マネージャーは及び腰だった。どうやら毒島さんを精神的に不安定な女性だと思っているようだ。

爽太は急いで毒島さんの横に移動した。ふらふらする体を支えるために背中に手を伸ばす。こんなときだが見た目よりもほっそりした体をしていることにどきりとした。髪が揺れるたびにシャンプーの香りが鼻腔に届く。

「大丈夫ですか」

「これはかなりりょうがおおいかもです。むかしのんだことがありますが、ここまでつよいねむけはかんじなかったので……」

いつもの口調ではなくなっている。

「警察、それから救急車を呼んでください」毒島さんを支えながらマネージャーに言う。

「あの、私、看護師ですが」遠巻きに見守る客の中から、一人の女性が名乗り出た。

「ありがとうございます。フルニトラゼパムの入ったカクテルを飲みました」

「立っていると危ないです。とりあえず横にさせましょう」

女性が自分のストールを床に敷いて、そこに毒島さんを横たえる。その隙にマイケル藤森が逃げようとしているのが見えた。

「すいません。見ていてもらえますか」

爽太は声をかけてそちらに駆け出した。

「どこに行くんだ。逃がさないぞ！」

ディパックを抱えて出て行こうとするマイケル藤森の前に爽太は両手を広げて立ち

ふさがった。しかしマイケル藤森は足を止めずに、両手をふりあげ威嚇するようにふりまわす。愛想のいい日系アメリカ人の顔はそこになかった。興奮に顔を赤くして、どけ、邪魔だ、というように罵りの言葉を投げつけてくる。

そこにホテルのガードマンがやってきた。警官のようないかめしい制服のガードマンの前で、マイケル藤森はまるで別人のように大人しくなった。広げていた両手でディパックを胸の前に抱え込み、哀れっぽい声で何かを訴えだす。そのへつらった態度と同情を乞うような声色で、そのガードマンをポリスと間違えているとわかった。

そこに顔を蒼白にしたくるみがやってきた。早口でマイケル藤森に話しかけている。どうして逃げるのか、やましいことがなければ逃げずに説明すればいい、というようなことを言っている。

ガードマンと爽太、そしてくるみに囲まれて、マイケル藤森はどうしていいかわからなくなっている。黙れ、静かにしてくれ、というようなことを英語で叫ぶと床に膝をついて、子供のように頭を抱えて丸くなる。

ほどなく警察と救急隊が到着した。

担架で運ばれる毒島さんに付き添いたいが、警察に事情を説明する必要がある。仕方なく方波見さんに連絡をとって、事情を説明して毒島さんが搬送された病院名を伝えた。

「原木くるみという女性を助けて、さらにマイケル藤森という男の犯罪行為を暴くために、自ら睡眠薬入りのカクテルを飲んだわけですか」

勇敢というか、無謀というか、と影山は首をふる。

「それでそのマイケル藤森はどうなったのですか」

「警察署に連れていかれて、その後に逮捕されたみたいだね。どうやら同じことを他にもしていたらしいんだ」

フルニトラゼパムが混入した飲み物を飲ませて、若い女性を昏倒《こんとう》させ、その後に性的暴行を加えては財布を盗む事件が都内で連続していたらしい。マイケル藤森が容疑者の男に酷似しているとわかり、警官が警察署に連れて行って事情を訊いた。マイケル藤森は最初、何もしてない、何も知らないと繰り返していたそうだ。しかし以前の犯行時に撮られた監視カメラの画像を見せられて、最後は自分がやったと認めたらしい。

「ひどい男だな。女性に被害がなくてなによりでした」と影山は言った。「それで毒島さんも大事には至らなかったんですよね」

「幸いにもね。翌日には退院できたし、大事をとって仕事は休んでいるけど問題はないはずだ」

「よかったですね。でも毒島さんはすごいですよ。僕を助けてくれたときもそうですが、世の中の理不尽や悪を許さない正義の薬剤師って感じで、あらためてファンになりました」

影山は素直に感心しているが、爽太は同意できなかった。

是沢院長に文句を言うために銀座に行ったときもそうだが、普段真面目な分、いざとなるととんでもない行動をとることがある。無鉄砲というか、むこうみずというか、いつかとんでもないしっぺ返しを食らいそうで怖くなる。できればもっと冷静な行動ができるようになってほしい。

しかし本人はそんなことを感じる気配もないようだ。

自分がフルニトラゼパムを飲んだ経験から考えるに、睡眠薬として用いる際の服用量の一・五倍ほども飲まされたらしいと言っていた。自らの欲望を叶えるために、何も知らない女性に必要以上の薬を飲ませて暴行するという行為には、法で許される最も重い刑罰が科されるべきだ、と強い口調で訴えている。

「ところあの問題は解けましたか」マイケル藤森の話が途切れたところで影山が訊いてきた。

「ああ、あれね」と爽太は言った。

「作動薬と拮抗薬の関係じゃないかな。受容体を活性化させる薬と不活性化させる薬を同時に摂取すれば、効果を一時的に抑制させることができるってことだと思うけど」

「一応訊きますが、答えを毒島さんに聞いたわけじゃないですよね」

「睡眠薬の話をしていたとき、たまたまそういう話題になったけど、答えを直接聞いたわけじゃない。複数の情報を照らし合わせて自分で導き出した答えだよ」

作動薬は受容体を刺激してその効果を強め、拮抗薬は受容体を遮断して効果を打ち消す。その両方を使えば相殺されて薬の効果は一時的になくなる。

「犯人は妻にトリカブトの毒を飲ませて殺害したが、その効果は男と別れた二時間後にあらわれた。男は即効性があるトリカブトの毒をどうやって妻に飲ませたのか――その問題の答えは、トリカブトと一緒にフグの毒を飲ませた、だ」

トリカブトに含まれるアコニチンは、ナトリウムチャネルを活性化させる効果がある。そしてフグ毒の含まれるテトロドトキシンはナトリウムチャネルを不活性化させる効果がある。その二つを同時に摂取させることで均衡状態を作り、効果を打ち消すことができるのだ。しかしテトロドトキシンの血中半減期はアコニチンの半分しかない。同時に飲んでもテトロドトキシンの方が早く代謝される。だから二時間後、妻はアコニチンの中毒症状を示して死んだのだ。

「正解です。毒島さんのサポートがあったとはいえ、見事に正解に辿り着きましたね」

おめでとうございます、と影山は満面の笑みを浮かべて拍手する真似をした。

「正解すれば毒島さんに交際を申し込むのはやめる。そういう約束でいいんだね」

「もちろんですよ。水尾さんの頑張りに敬意を示して、余計なちょっかいは出しません。だから今後とも毒島さんと仲良くしてください」

「君に言われるまでもないけどね」

「それでどうです。感想はないですか」影山は楽しそうな表情を崩さない。

「感想って、何に対する感想だよ」

まさか交際を申し込むことをやめることに対する感想を聞いているわけじゃないだろうな。

「トリカブトの毒がフグの毒で打ち消されるという事実にですよ。まさに毒をもって毒を制す、じゃないですか。この諺《ことわざ》は喩《たと》えや暗喩《あんゆ》ではなく、事実をもとに作られたということがわかります。毒が別の毒を打ち消す作用については、古代ギリシャや古代中国の文献にも書かれているそうです。はるか昔から人間は毒の効果について考えて、知識を得てきたわけですが、その事実に感動しませんか」

「感動ってほどじゃないけど、フグの毒とトリカブトの毒が相反する作用を持っているということは面白いと思ったよ」

「やっぱり！　水尾さんならわかってくれると思ってました」影山は腰を浮かしてテーブルに身を乗り出した。

「今までいろいろな人にこの話をしてきたのですが、誰も何が面白いのかわからないって反応をするんですよ。どうして誰もわかってくれないんだろうって悩んでいたところで、毒島さんや水尾さんと知り合ったんです。この感動を僕と同じように味わってほしくて、こんな問題を出しました。毒島さんに交際を申し込む云々は本気じゃありません。毒島さんは魅力的な女性だとは思いますが、僕とは趣味の方向が違いすぎます。水尾さんに本気で考えてほしくて、ついそんなことを言ってしまいました」

すみません、と影山はテーブルに両手をついて頭を下げた。いちいち芝居がかったポーズを取りたがる男だ。

「謝らなくていいよ。答えを見つけるとたしかに面白い問題だと思う。フグの毒とトリカブトの毒が相反する効果をもつという事実をぽんと言われるより、問題として考えて、自分で悩んだ末に答えを見つけた方が深く心に残るものだしね」

「わかってくれますか」影山はさらに嬉しそうな顔をした。

「毒島さんから薬の話を聞かされていると知って、水尾さんならきっと僕の気持ちを理解してくれると思ったんです。いやあ、その通りになってくれて嬉しいな」

「ヒントについて訊きたいんだけど、園芸と釣りが趣味というのはわかるけど、先物取引で借金を作ったというのがどうしてヒントになるのかな」

「先物取引の手法で両建てというのがあるんです。同じ銘柄の買い玉と売り玉を同時に建てて、お互いの損失を相殺する手法です。相場が荒れて含み損が膨らんだときに一時的に行う手法ですが、このアコニチンとテトロドトキシンの拮抗状態に似ていると思ってヒントにしました。ピンと来なかったら謝ります」影山は頭を掻いた。

「海の魔物にゃ手に負えぬ。山の仲間が殺ってくれ、というのはテトロドトキシンとアコニチンの関係を言ったわけか」

「そうです。日影丈吉《ひかげじようきち》という作家の『吉備津《きびつ》の釜』という短編小説に出てくる言葉のもじりですが、不気味な雰囲気が好きで思わず使ってしまいました」と影山は頭を掻いた。

「ちなみにこのトリカブト殺人事件が起きたのは一九八〇年代のはじめです。インターネットはもちろん携帯電話もまだ普及していない頃でした。犯人は医療関係者でもなく、毒の知識はすべて独学で習得したそうです。当時は血中からトリカブトの毒を検出する方法が一般的に用いられてなくて、あやうく病死として処理されるところだったそうですよ」

「過去にも男の妻が突然死していたと言ってたけれど、そのまま露見しなかったら、同じような事件が続いていたかもしれないってことか」

「そうなんです。さらに深読みすれば、それ以前に同じ手法を使った殺人事件が起こっていた可能性もあるわけです。トリカブトもフグも国内では入手が困難なわけではないですし、そうやって連続殺人を行っていた殺人鬼が過去に複数いたかもしれないと想像もできます」

「怖いことを言うな。もしかしてそういうミステリー小説を書こうとしているのかい」

「いえいえ。自分が書きたいものはもっとエンタメ寄りです。そういう意味では、この知識は小説や漫画や映画を観るうえで参考になりました。よくあるじゃないですか。主人公が気づかないうちに毒を飲まされて、解毒剤を飲まないと一時間以内に死ぬことになる、死にたくなかったらこの条件をクリアしろ、そう悪役に脅されるシーンが」

よくあるかどうかはわからないが、たしかにそんな漫画を見た記憶はある。

「これまでは、そんな都合のいい毒や解毒剤があるわけないだろうって突っ込みながら見ていたんですよ。飲んで一時間経ったら死ぬような毒とか、飲めばすぐにその毒を中和できる解毒剤なんて、そんな都合のいいものがあるわけないって。でもこの話を知って、馬鹿にするような気持ちが吹き飛びました。アコニチンとテトロドトキシンを混ぜた毒を最初に飲ませて、解毒剤として後からテトロドトキシンを飲ませれば、そのシーンが現実として成立するわけです。今後はそんなシーンを見るたびに、毒はアコニチンとテトロドトキシンを混ぜたものだ、解毒剤はテトロドトキシンだな、と納得しながら見ることができるってわけですよ」

影山は興奮にうわずった声で言うが、そんなシーンが出てくる小説や漫画や映画がたくさんあるとは思えない。それに解毒剤としてテトロドトキシンを飲んだとしても、体内のアコニチンが代謝されれば、今度はテトロドトキシンで命を落とすことになる。

「そうです。そこがネックなんですよ。だから追加でまたアコニチンを飲む必要があるわけで、さらにそのアコニチンを阻害するためにさらにテトロドトキシンを飲む必要がある。化学的に正しいシーンを追求すると、最後主人公は死ぬしかなくなるわけで結局はコントのネタにしか使えません。相場にも〈両建ての両損〉という格言があるそうですし、やはりそれは行ってはいけない禁断の一手ということかもしれませんね」影山は一人で納得したように頷いている。

変わった男だ、とあらためて思った、どことなく憎めないのは私利私欲ではなく、自らの興味や好奇心のままに行動しているせいか。そういうところは毒島さんに似ているのかもしれないとも思った。別に比べることに意味はないけれど。

「これで話は終わりかな。もう一度言うけど、毒島さんに余計なことはしないでくれよ」と最後に釘を刺しておく。

「もちろんです。さっきの話でお二人の絆《きずな》の強さはよくわかりました。僕が入り込む隙はなさそうです。これ以上空気が読めないようなことはしませんよ」

最後の最後でそんな皮肉を言うわけか。爽太はムッとして、

「君という人間がよくわかったよ。いい奴かもしれないと思った俺が馬鹿だった。も

う二度と会うことはないと思うけど、元気でいてくれよ」と残っていたコーヒーを飲み干して伝票に手を伸ばす。

「あれ、怒ってます？　僕、怒られるようなことしましたか」影山はきょとんした顔になる。

「俺と毒島さんはつきあっているわけじゃない。それをわかったうえで絆とか、入り込む隙がないとか言うからさ」

「皮肉じゃありません。本気でそう思ってます」

「それが最高の皮肉だよ。俺と毒島さんの間に特別なつながりはない」

影山は呆れたような顔をして、「いやあ、水尾さんって……」と言いかけて口をつぐんだ。

「俺がどうしたっていうんだよ」

「言ってもいいですか。怒りませんか」

「怒らないから言ってみなよ」

「――そこまで鈍いとは思いませんでした」

怒らないと言った手前、大きな声は出せなかった。「鈍いって、どういう意味だよ」

極力抑えた声で質問する。

「それなら麻雀のことも気づいてなさそうですね」

　影山の言葉に思わず笑いが漏れて出た。

「それくらいは気づいているさ。最初から毒島さんとのデートを俺に譲るつもりで、馬場さんがそんな条件を後から付け足したってことくらい」

　すると影山は唇の端を歪めて笑った。

「それくらい小学生でもわかりますよ。でもゲーム中のことはどうですか。最後の毒島さんの少牌、本当は国士無双を和了っていたのに、馬場さんが牌を一枚くすねたってことは気づいていましたか」

「えっ？」

　爽太は言葉を失った。毒島さんは絶対に数は合っていたと不思議がっていた。しかし現実には十二枚しかなくて、それで泣く泣く諦めたのだ。

「少牌と指摘したときの馬場さんの行動を覚えてます？　毒島さんの牌を掌で撫でるようにして、それから一枚足りないと指摘したんです」

「あのときに馬場さんが牌を抜き取ったっていうのかよ」

「初歩的なイカサマです。上級者なら音を出さずに牌を一枚抜き取るくらい朝飯前です。本来、ロンと言って倒した牌に、他人が手を触れることはありません。お二人が初心者なので、そんな見え見えの行為をしたのだと思います」

「それなら毒島さんは役満を和了っていたのか」

毒島さんが逆転でトップだった。事前の約束に従うなら毒島さんは馬場さんとデートをする必要はなかったことになる。ということは爽太とのデートもなかったことになるわけで……。あれ？　頭が混乱してきて、爽太はその場に座り直した。

「あのときに君は気づいていたのか。それならなぜその場で言わなかったんだよ」

「僕にも弱みがあったんです。毒島さんが国士無双を聴牌したのは、僕がこっそり手助けをしたせいですから」

「手助け？」ますます訳がわからない。

「毒島さんがロンをする数巡前に僕が山を崩したことを覚えてますか。実はあのときに自分の持ち牌を一枚手に握り込んでいたんです。それで山を直すときにその手牌を本来の山の牌とすりかえました」

気づいていなかった。でもどうしてそんなことをしたんだろうか。

「馬場さんがポンしていた【東】を、僕が山から持ってきたからですよ。国士無双を作るには四枚目の【東】は不可欠です。僕が持っていたら毒島さんは和了れない。だからそうやって毒島さんに牌を送り込んだんです。馬場さんはその動きに気づきました。だから、おい、と僕に声をかけたんです。僕がしらばっくれるとそれ以上は追及しませんでしたが、あのときに馬場さんは毒島さんが和了したら一枚抜き取ろうと決めたんだと思います。僕の行為を見逃してやったんだから、自分の行為にも文句は言わせない。そんな目で僕を見ていましたからね」

　唖然《あぜん》とした。あのだらだらした麻雀の裏でそんな駆け引きがあったとは。

「通常のルールでは、オーラスでチョンボがあったら、仕切り直しでそのまま親が続行になります。しかし馬場さんはそこで終わると宣言しました。それでサシウマは僕の勝ち。もう一局やれば馬場さんが和了って、僕が負ける可能性もあったわけです。だから僕としては馬場さんの言葉に異議をはさむ必要はありません。でも心の中では馬場さんを見くびりました。素人相手にそこまでして、病院での再検査をパスしたいのか、毒島さんとデートがしたいのかって呆れる気持ちになったんです。でもその後の展開でまた見る目が変わりました。病院の再検査には行く、デートの権利は水尾さんに譲ると言い出したからです。身勝手なエロジジイだと思っていたら、実は損得勘定抜きで他人のために動くいい人だった。そうなって、この人たちはいったい何なんだろうって思ったわけです。以前に助けてもらった縁もあるし、面白そうだな、今後もおつきあいできたらいいなと思いました。それで勤め先のホテルまで行って水尾さんにあんな問題を出したということです。薬に興味を持っている人間なら、トリカブトの話に興味を持ってくれるかもしれない。そう思ったことも事実ですが、本当の理由はみなさんと仲良くなりたかったんです」

　もしもご迷惑だったらすいませんでした、と影山は頭を下げた。

「いや、迷惑ってことはないけれど」

毒気を抜かれた気分になって爽太は言った。

「でも、そんな理由のためにわざわざホテルまで来てあんな問題を出したのか」

「そうですよ。僕の趣味は人間観察ですからね」影山は当然だという声で言う。

「そうやって聞くと、毒島さんとの交際を条件につけるのはどうだろうかって気にもなるけれど」

「その条件があったから真剣に考えてくれたんじゃないですか。何もなかったら、なんだよそれ、こっちは忙しいんだよ、で終わりでしょう」

それはたしかにそうかもしれないが。

「そもそもお二人揃って鈍いんです。麻雀の話ばかりで恐縮ですが、毒島さんが国士無双を和了るために、僕がずっとサポートしていたことにも気づいていなかったですよね」

「なんだよ。それは」

「うちの麻雀全自動卓、型が古くて、牌の並びが偏るんです。自分の前の穴に落とした牌が対面の山にそのままいくような感じです。お二人が初心者なのは手つきを見てすぐにわかりました。毒島さんが真ん中の牌から切り出しているのを見て、国士かチャンタ系の手を狙っていることにも気づきました。だから配牌に幺九牌《ヤオチュウハイ》——字牌と一と九の数牌のことです——が行くように調整したんです」

「調整って、できるのか、そんなこと」

「完全には無理ですがある程度はできます」

最後の最後でそれがハマって毒島さんは国士無双を聴牌したということか。

「俺と毒島さんは麻雀の最中、ずっと君と馬場さんの掌の上で踊らされていたということか」爽太はがっかりして呟いた。

「仕方ないですよ。麻雀は年季がものを言いますからね。僕は小学生からやっています。でも、まあ、それはいいんです。それぞれに得意分野はあるという程度の話です。僕が水尾さんを鈍いと言ったのは、ご自身と毒島さんの関係についてあまりにも無頓着でいるからですよ」

「無頓着って言い方はないだろう。俺は俺なりに考えているよ。もっとも向こうがどう思っているかはわからないけれど」

「そこですよ。そこ」影山は爽太の顔をひしと見すえた。

「鈍いと言ったのはそこです。どうして毒島さんは睡眠薬入りのカクテルを飲んだのか。その理由について、水尾さんはあまりに無頓着でいるじゃないですか」

「睡眠薬入りのカクテルを飲んだのはマイケル藤森を逃がさないためだよ。証拠隠滅をさせないために、それを自分で飲んだんだ。それとも原木さんが飲むのを待って、客室に連れ込まれそうなところで警察を呼べばよかったと言いたいのか」

そういう方法もあったかもしれない。だけど薬剤師として毒島さんは、目の前で何も知らない女性が睡眠薬入りのカクテルを飲まされるのを、じっと見ているなんてできなかったのだと思う。

「それはもちろんわかっています。わかったうえで、どうして、と訊いているわけです」と影山は言ってから、「いや、これ以上はやめておきましょう。僕が言っても仕方ないことですし。灯台下暗しということもあるし、時間が経てばそのうちに気がつくことなんだと思います」

「気になるな。言いたいことがあれば最後まで言えよ」

「言いたいことはもうないです。長々とお引き留めしてすいませんでした」

「また焦《じ》らす気か。途中まで言ったんだから、最後まで言えって」

「いや、言いません。水尾さんもさっき言ったじゃないですか。事実だけをぽんと言われるより、自分で悩んだ末に答えを見つけた方が深く心に残るものだって。だからこの問題も自分で悩んで答えを見つけてください」

影山は澄ました顔で頭を下げる。

そう言われると席を立てない。なんとか口を割らせてやろうという気になった。それがこの男の策略だという気もするが、策略に乗ることが嫌ではないという気持ちもある。

「……そういえば腹が減ったな。何か食べてから帰ろうかな。もし時間があるなら一緒に食わないか」

「五時から雀荘のアルバイトがありますが、それまでならつきあってもいいですよ」

「じゃあ、腹ごしらえしよう。この店はナポリタンが美味いんだ」

爽太は影山にメニューを差し出した。

エピローグ

「だから無理しなくてもいいってば。社長に入ってもらってシフトはまわっているから——うん、そうよ、問題はないから、今週いっぱい休みなさい。有給休暇もたっぷりあるんでしょう。仕事のことを忘れて、たまにはゆっくりしなさいって。——ああ、はいはい——わかった——じゃあ金曜日から。とにかく無理はしないで休みなさい」

方波見涼子は電話を切るなり、大袈裟にため息をついた。

「まったくあの娘は仕事中毒もいいとこね。明日から復帰したいというのを説得して、何とか木曜日まで休むことを納得させたわ」

食卓に戻ったが、一度置いた箸を持ち上げる気にはなれない。

「お茶でも入れるわ」と台所に立つ。

「電話の主は話題のあの娘かい」

笑いながら質問するのは涼子の夫である壮介《そうすけ》だ。

「そうよ。毒島花織。日曜日にフルニトラゼパムを自ら飲んで救急搬送されたのに、病気じゃないから大丈夫ですって、すぐにでも仕事に復帰しようとするんだから困ったものね」

「病気じゃないという主張は正しいことだと思うけど」

「こういうことでもないと有給休暇を取る口実ができないの。自分も申請しづらくて困ります、方波見さんからも取るように言ってくださいって、刑部にも泣きつかれているから取らせるようにしたいのよ」

「仕事を休みたくない部下がいて困るなんて、他の薬局の管理薬剤師が聞いたら、羨ましくて歯ぎしりしそうな話だと思うけど」

「昭和の時代なら珍しい話じゃないんでしょうけれど、今の時代には合わない話ね。仕事仕事で頑張ったところで、神様が褒めてくれるわけじゃないってことは、あなたが一番知っていることでしょう。健康診断の要再検査を無視し続けたあげく、胃の痛みに耐えきれずに病院に行ったら胃癌だったなんて洒落にもならない話だわ」

涼子は湯呑《ゆのみ》を持って食卓に戻る。

「それは本当に悪かったと思うよ。仕事にかまけた挙句にこのざまだ。育児にも手を貸さずに、気がついたら自分の手に残るものは何もない。あのとき君に捨てられても何も文句は言えなかった。本当に君には感謝しかない」

離婚しないでくれてありがとう、と壮介はお粥《かゆ》をすくうレンゲを置いて頭を下げる。

不貞腐れているでも、いじけているでもなく、微笑を浮かべたまま、本当に感謝しているという顔でいることが、涼子の胸に鈍い痛みを感じさせる。

「何度も訊くけど、あのとき離婚をしようという選択肢はなかったのかな。もし僕が逆の立場だったら、見切りをつけて別れているかもしれないと思うんだけれど」

壮介はお決まりの質問を口にする。

「もちろん考えたわよ。もしも別の病気だったらその選択をしたかもしれない。でも胃癌とわかったらその選択はできなかった。薬剤師、いえ医療関係者として弱っている患者さんを見捨てることはできなかった」

「患者さんか。あの頃の僕は配偶者じゃなかったというわけだ」と壮介は苦笑する。

「あの頃はとにかく毎日を過ごすことに必死だった。あなたの手術の日取りと、美羽《みわ》の中学受験が一日違いで、本当にどうしようかと思い悩んだわ」

一人娘の美羽は幸い中高一貫の私立中学に合格して、いまは大学受験を控えている。

「あれからもう六年が経つんだもの。本当に月日の流れは早いものね」熱いお茶をすすりながら涼子は呟いた。

「仕事命だった人が病気のために会社を辞めて、最初はまるで廃人のようだったけど、よくここまで元気になったと驚くわ」

胃の三分の二を切除した壮介は、その後にめっきり体力が落ちた。長時間の外出もままならず、仕事に復帰もできずに退職後はずっと家にいる。涼子の薬剤師としての収入があるので、とりあえず経済的に困ることはない。しかし仕事に加えて、中学生の娘と病気の夫の世話を焼くことは、涼子にとって大変だ。ある時期には平均睡眠時間三時間でその両方に追われたこともある。

そんな涼子を見かねたのか、体が動くようになると壮介は少しずつ家のことをするようになった。簡単な掃除や洗濯からはじめて、買い物、炊事、住んでいるマンションの管理組合活動も。涼子に代わって主夫の役割を全うするようになったのだ。

今では朝夕の炊事はもちろん、美羽のお弁当まで作っている。自分は胃を切除してあまり食べられないのに、あっさりしたものばかりじゃ物足りないだろう、と二人のために天ぷらや唐揚げ、トンカツを作ることもある。

「美味しくなかったかな。今日のご飯」

涼子の皿を見て壮介が言った。豆腐ハンバーグと付け合わせのサラダが半分ほど残っている。

「美味しかったわよ。残したのは気になることがあるから」

「それはさっきの毒島さんのこと？　でも君が気に病むことはないいんじゃないのかな。仕事好きなのは彼女の性格のせいだと思うけど」

「たしかに彼女はウチの薬局に来たときからああいう性格の娘だったわよ。仕事熱心なのはいいけれど、自分に余裕がなくて、興味のあること以外には目を向けない。だから心配になって、余計なお世話を焼いてやろうと思ったの」

街中で声をかけてきた水尾爽太との仲を取りもった経緯をあらためて夫に説明する。

「素直で真面目そうな人だったし、医療関係者じゃないこともプラスになると思ったの。彼女みたいなタイプは他業種の人と交流をもつことが大事だと思ったから」

「目論見通りに二人は親しくなったんだよね。よかったじゃないか。それで何が気になるのかな」

「そのせいで、かえって彼女の行動に拍車がかかっているような気がするの。犯罪を未然に防ぐためとはいえ、睡眠薬の入ったカクテルを飲むなんてやっぱり無茶よ。水尾くんと知り合って、逆に彼女は過激になっている気がするわ」

もしかして二人の仲を取りもったことが失敗だったのか。

日曜日、フルニトラゼパムの入ったカクテルを飲んで救急搬送されたと電話をもらったときから、ずっと思い悩んでいたことだった。

涼子の話を聞いた壮介は、しかし首をゆっくり横に振り、

「僕は逆だと思うけど。毒島さんは水尾くんを信頼している。信頼しているからこそ、躊躇なくそんな危険なカクテルを口にすることができたんだと思う。一人ならもちろん、他の人が一緒でもそんな無茶はしなかったんじゃないのかな。信用に足る男性がそばにいてくれたから、彼女はそこまでしたんだと僕は思うよ」と静かに言った。

本書は書き下ろしです。
作中に出てくる薬の商品名は架空のものです。
薬は医師や薬剤師に相談のうえご使用ください。
この物語はフィクションです。作中に同一の名称があった場合でも、
実在する人物・団体等とは一切関係ありません。

〈参考文献〉
『毒と薬の世界史　ソクラテス、錬金術、ドーピング』　船山信次著　中公新書　二〇〇八年
『図解でよくわかる毒のきほん　毒の科学から、猛毒生物、毒物劇物の取扱方法まで（すぐわかるすごくわかる！）』　五十君靜信監修　誠文堂新光社　二〇一五年
『大人のための図鑑　毒と薬』鈴木勉監修　新星出版社　二〇一五年

宝島社
文庫

甲の薬は乙の毒　薬剤師・毒島花織の名推理
（こうのくすりはおつのどく　やくざいし・ぶすじまかおりのめいすいり）

2020年5月23日　第1刷発行
2024年7月17日　第5刷発行

著　者　塔山 郁
発行人　関川 誠
発行所　株式会社 宝島社
〒102-8388　東京都千代田区一番町25番地
電話：営業 03(3234)4621／編集 03(3239)0599
https://tkj.jp
印刷・製本　中央精版印刷株式会社

ISBN 978-4-299-00475-8